„Wenn Du etwas aussprichst, was nicht wahr ist, dann nenne ich das eine Lüge. Aber wenn Du etwas aussprichst, was erst nicht wahr ist, hinterher aber schon, dann nenne ich das eine Geschichte!"

Ratbold

Marten Steppat

Von Zauberern und Legenden

Abenteuerroman

Bibliografische Information der Deutschen
Nationalbibliothek:
Die Deutsche Nationalbibliothek verzeichnet diese
Publikation in der Deutschen Nationalbibliografie;
detaillierte bibliografische Daten sind im Internet über
http://dnb.dnb.de abrufbar.

Herstellung und Verlag: BoD – Books on Demand,
Norderstedt

ISBN: 978-3-7494-8091-3

Inhaltsverzeichnis

Kapitel 1: Wessen Mist ist das?

Wenn der erste Hahn krähte, war Rufus bereits mit seiner ersten Arbeit beschäftigt. Gewissenhaft mistete er den Stall des königlichen Gestüts am Hofe aus. Anschließend striegelte der junge Bursche mit den roten Haaren die drei Pferde seiner Majestät.

Er liebte die Pferde und ging sanft und liebevoll mit ihnen um. Und sie wussten es zu schätzen, so pfleglich behandelt zu werden. Sie waren es gewohnt, wegen ihres Stammbaumes, ihrer Anmut und ihrer majestätischen Ausstrahlung bewundert zu werden. Aber Rufus liebte sie um ihrer selbst willen, und das spürten sie.

Er durfte als einziger am Hof die drei Pferde pflegen, die von seiner Majestät geritten wurden. Dies hatte er einem Zwischenfall aus seiner Kindheit zu verdanken.

In seiner frühen Jugend wollte Prinz Titianus zu einem Ausritt aufbrechen. Sein Vater, König Victor, riet ihm davon ab, da ein Unwetter aufzog. Der Prinz war aber von seinem Vorhaben nicht abzuhalten. Engstirnig begab er sich zum Stall und ließ ein Pferd satteln. Er war gerade mal aufgestiegen, als das Unwetter losbrach. Blitze und Donner machten sein Pferd scheu, das ihn abzuwerfen drohte. Niemand aus der Gefolgschaft des Prinzen konnte das Pferd bändigen, das sich in Panik aufbäumte und ausschlug. Es traute sich auch keiner so recht, sich dem wilden Tier entgegenzustellen.

Rufus jedoch, zu dem Zeitpunkt fast noch ein Kind, stürmte herbei. In dem Augenblick, in dem seine Hand das Pferd berührte, beruhigte es sich. Rufus sprach ihm gut zu, sanft und ruhig. Es zitterte noch immer vor Aufregung, doch ließ es zu, dass man ihm den jungen Reiter abnahm. Anschließend ließ es sich widerstandslos von Rufus in den Stall zurückführen.

Der König hörte davon und machte den Jungen noch am selben Tag zu seinem persönlichen Stallknecht. Rufus war damals mächtig stolz auf sich gewesen, und seine Eltern mit ihm.

Kurze Zeit später starben seine Eltern in einem Feuer, in welchem das Haus seiner Geburt und mit ihm die Häuser der gesamten Straße abbrannten. Rufus erhielt damals in der Abwesenheit des Königs vom Burgvogt eine Arbeiter-Hütte am Hof und wohnte seitdem dort.

Bei dem Gedanken an seine Eltern fasste der Stallknecht sich an sein Herz. Einen Augenblick lang schmerzte es unheimlich stark. Das tat es öfter mal, auch zwischendurch, ohne erkennbare Ursache. Seine Mutter erklärte ihm dann immer liebevoll, dass er ein zu großes Herz hätte. Aber er hatte dabei auch immer Angst und Sorge in ihren Augen erkennen können.

Jeden Tag erzählte er den Pferden Geschichten, die er sich ausdachte. Und er erzählte den edlen Rossen jeden Tag etwas anderes. Heute erzählte er ihnen, dass sie eines Tages nicht mehr als Reittiere für den König dienen müssten. Sie würden an einen neuen Besitzer übergeben werden, der sie den ganzen Tag über mit Kindern zusammen auf der Wiese spielen ließe.

Die Pferde verstanden nicht, was Rufus ihnen erzählte. Aber sie wussten zu schätzen, wie beruhigend und wohlwollend er mit ihnen sprach. Er hatte ihr vollstes Vertrauen.

Es gab acht weitere Pferde am Hof. Sie hatten einen eigenen Stall. Alfrun und Phillip hatten die Aufgabe, sich um sie zu kümmern.

Alfrun war Rufus' heimliche Liebe. Sie war fleißig, geschickt und schlau. Ihre braunen Haare waren stets zu ordentlichen Zöpfen geflochten. Obwohl sie stets darum bemüht war, eine saubere und gepflegte Erscheinung abzugeben, so hatte sie doch keine Scheu davor, sich auch mal die Hände schmutzig zu machen.

Rufus erinnerte sich noch gut an seinen ersten Arbeitstag. Alfrun war angewiesen worden, ihn in seine täglichen Pflichten als Stallknecht einzuweisen. Das Unwetter vom Vortag hatte die Dächer der Ställe beschädigt und es hatte die ganze Nacht hinein geregnet. Beim Ausmisten waren sie ständig ausgerutscht und in den Mist gefallen. Aber sie hatten dabei gemeinsam gelacht.

Der blonde Phillip war wenige Tage später dazu gekommen, nachdem der alte Stallknecht einem Fieber erlegen war. Der Junge liebte die Pferde, und das freute Rufus. Er interessierte sich jedoch auch für Alfrun, was Rufus gar nicht passte. Zudem hatte er weniger Geschick im Umgang mit den Tieren, war weitaus weniger fleißig und hatte es auch nicht so mit der Reinlichkeit.

Wenn Alfrun und Rufus sich über fantastische Einfälle und Ideen unterhielten, was sie gerne taten, dann verstand Philipp oft nicht die Hälfte von dem, was sie sagten. Das hielt ihn allerdings nicht davon ab, seine dazu oft unpassenden Gedanken zu äußern.

Manchmal erschienen seine Äußerungen so absurd, dass Alfrun und Rufus sich gegenseitig anschauten und lachen mussten, ohne es verhindern zu können. Dann war Philipp den ganzen Tag über schlecht gelaunt.

Bei den Erinnerungen an seine Erlebnisse mit den beiden musste Rufus lächeln.

Er verließ gerade den Stall, als er davor das Geräusch einer umstürzenden Mistkarre vernahm. Der Stallknecht wusste aus vielfacher Erfahrung ziemlich genau, wie eine umstürzende Mistkarre klang. Und so wusste er auch bereits, dass sie beladen gewesen war.

Ein alter Mann in einem langen, braunen Mantel mit einem langen Wanderstab stand neben der Karre. Er hatte einen Hut auf in der Farbe seines Mantels, unter dem schulterlange, graue Haare hervor schauten. Sein faltiges Gesicht wurde von einem kurzen, grauen Bart bedeckt.

Für Rufus hatte es so ausgesehen, als ob der alte Mann die Karre absichtlich mit seinen Stiefel umgetreten hatte.

„Was soll das denn?", rief der junge Bursche aufgebracht und eilte zur Mistkarre. Philipp musste sie mal wieder hier abgestellt haben, um sich Arbeit zu sparen. Er wusste, dass Rufus dann oft die Arbeit übernahm, den Mist wegzufahren.

Rufus ergriff eilig die Karre und stellte sie wieder auf. Er griff zur Mistgabel und begann damit, den ausgekippten Mist wieder aufzuladen.

„Ich bin blind", sagte der alte Mann im schroffen Tonfall. Er drehte sich zu Rufus und blickte an ihm vorbei. Seine matten Augen wirkten, als ob sich eine dünne, milchige Schicht darüber gelegt hätte.

Rufus erstarrte kurz. Sein Ärger war sofort verflogen.

„Tut mir leid", sagte er schließlich mit ehrlichem Bedauern. „Nun, hier steht eine Mistkarre", fügte er hinzu und deutete auf diese. Er erkannte die Sinnlosigkeit seiner Geste und fuhr schnell damit fort, den Mist wieder aufzuladen.

Der alte Mann drehte ihm den Rücken zu, stützte sich auf seinen Stab und schien sich umzusehen. Was natürlich nicht sein konnte, wenn er blind war. Vielleicht horchte er nach etwas, vermutete Rufus.

Der Stallknecht hatte den Mist wieder aufgeladen und legte die Mistgabel oben drauf.

„Was sucht Ihr denn?", rief er dem Fremden zu.

„Ich bin blind – nicht taub", grummelte der alte Mann, weiterhin Rufus den Rücken kehrend. Dann drehte er sich zu ihm um und schien ihn direkt anzusehen.

„Ich wollte nur mal sehen, was Du hier so treibst", sagte er schließlich.

Rufus fühlte Unbehagen in sich aufsteigen. Nicht nur, dass ihn ein Blinder anstarrte, er sprach auch noch davon, nach ihm zu sehen.

Unbeholfen zuckte der Stallknecht mit den Schultern. „Ich lade Mist auf", erklärte er unsicher. Er wusste wiederum um die Sinnlosigkeit seiner begleitenden Geste, aber er deutete dennoch ein weiteres Mal auf die Mistkarre.

Der alte Mann nickte wissend. „Mach nur weiter", erwiderte er und starrte ihn weiterhin an.

Rufus presste die Lippen aufeinander und starrte kurz einfach nur auf die Mistkarre.

„Ich bin jetzt fertig", sagte er. „Ich bringe den Mist jetzt weg."

Der alte Mann hob belustigt die Augenbrauen und nickte langsam. Rufus war sich nicht sicher, ob er ihn verstanden hatte.

Er machte einen Schritt zur Seite und stellte fest, dass er nun nicht mehr genau im Blick des alten Mannes stand. Das erleichterte ihn irgendwie. Er hob die Mistkarre an und schaute den Fremden noch einen Augenblick lang an.

„Gut", sagte er schließlich und fuhr die Karre zum Misthaufen und entlud sie dort.

Als er wieder zu den Ställen kam, war der alte Mann verschwunden.

Mittags machte Rufus den Abwasch am Hof.

Natürlich wusch er sich und seine Kleidung vorher im Feldbach. Er hatte bereits als Kind gelernt, dass man ein paar hinter die Ohren bekam und davon gejagt wurde, wenn man den Geruch aus dem Stall mit in die Waschecke brachte. Und später gab es dann noch Ärger dafür, dass man seine Arbeit nicht erledigt hatte.

Es war unbequem, gebeugt vor der großen Wanne zu stehen und das Geschirr mit Bürste und Lappen zu säubern. Das Wasser war kalt und stank schnell nach Essensresten. Ein riesiger Berg an Tellern und Bechern aus Ton, Holz und Horn, metallenen Pfannen, Töpfen und Geschirr stand ungeordnet neben ihm aufgestapelt. Der wackelige Stapel war jederzeit bereit zu kippen, wenn man unvorsichtig war. Natürlich hätte das schmerzhafte Strafen mit sich gebracht.

Gwenda, die Magd aus einem fernen Land mit dem langen schwarzen Zopf, der ihr fast bis zum Boden reichte, brachte ihm regelmäßig Waschkraut. Sie sprach nur wenig und gebrochen. Man sah ihr im Gesicht an, wie schwer sie arbeitete. Aber in ihr loderte ein unbeugsamer Stolz, den sie auch gerne mit einem kühnen Lächeln zur Schau stellte. Sie trug zwar die Kleidung einer gewöhnlichen Magd, aber sie strahlte das Wesen einer Prinzessin aus. Rufus bewunderte sie dafür.

Sikko passte streng darauf auf, dass der junge Knecht nicht verschwenderisch mit dem Kraut umging. Der große und schwergewichtige Mann mit der Halbglatze, dem braunen Haarkranz und dem dicken Schnurrbart hatte in seinem Leben vermutlich noch nie gelächelt. Er war hart und jähzornig. Allein das Gehen schien ihn immer schon anzustrengen, oft schnaufte er schwer dabei. Er wurde jedoch nie müde, Nackenschläge zu verteilen.

„Nimm nicht so viel von dem Waschkraut", polterte es undeutlich und mit drohendem Tonfall aus ihm heraus, als er an Rufus vorbei ging.

„Ein bisschen muss ich schon nehmen, sonst wird es ja nicht sauber", entgegnete der, ohne seine Arbeit zu unterbrechen. Er bereute seine Worte sogleich, aber er konnte nicht anders.

Sikko stoppte. Rufus überlegte, dass es den schweren Mann wahrscheinlich viel Energie kosten würde, sein Gewicht zu stoppen oder wieder in Gang zu bringen. Er erwartete die Strafe für seine Frechheit. Aber heute blieb der Nackenschlag aus.

„Schrubbst halt mehr", grollte Sikko. Einen Augenblick lang starrte er dem Knecht noch in den Nacken. Dann spuckte er verächtlich ins Waschwasser und setzte sich wieder in Bewegung, um kurz darauf die Küchenmägde anzuschreien.

Rufus tat das einzige, was ihm übrig blieb: Er arbeitete weiter.

Er hörte, wie Sikko in der Küche eine Magd schlug. Wut stieg in ihm auf, aber er konnte nichts an der Situation ändern. Schlechtes Gewissen machte sich in ihm breit bei dem Gedanken, er hätte Sikko so verärgert, dass dieser nur seinetwegen eine Magd geschlagen hätte. Er versuchte, sich noch mehr auf seine Arbeit zu konzentrieren.

Kurz darauf kam Gwenda aus der Küche zu ihm. Rufus blickte auf. Sie hatte einen deutlichen, roten Abdruck einer Hand in ihrem Gesicht. Sie lächelte gleichmütig. Ihre Augen blitzten furchtlos und in ihrem ungebrochenen Stolz auf. Fast, als hätte sie einen Kampf gewonnen.

Sie legte dem Knecht, dem der Mund erschrocken aufstand, eine Handvoll von dem Waschkraut auf die Ablage über der Wanne. Sie blinzelte ihm zu, als wollte sie ihm sagen, dass es nichts gab, für das er erschrocken schauen müsste. Ein paar Kräuter warf sie gleich in das Waschwasser. Dann strich sie sich über das Ohr, wie sie es oft tat, und verschwand wortlos wieder in der Küche, betont aufrecht, geradezu schreitend.

Rufus lächelte in seine Wanne hinein, während er sich wieder über den Abwasch her machte.

Mit einem Mal stand Alfrun neben ihm. Sie hatte die Arme vor der Brust verschränkt, den Kopf leicht schief gelegt und eine Augenbraue hochgezogen. Rufus fühlte sich erwischt und schuldig.

„Hast Du wieder Philipps Mistkarre weggebracht?", fragte sie im Verhör-Ton.

Rufus war erleichtert: Er hatte kurz befürchtet, sie würde ihm wegen Gwenda sauer sein.

„Ja", gestand er.

„Lass sie doch mal stehen", forderte Alfrun streng. „Soll Sikko ihm doch endlich beibringen, dass es nicht in Ordnung ist, seine Arbeit stehen zu lassen."

„Ein Fremder hat die Karre umgeworfen und ausgekippt. Ich musste alles wieder aufräumen", erklärte Rufus.

Alfrun schüttelte den Kopf und zeigte damit, dass dies für sie keine zufriedenstellende Rechtfertigung dafür war, ständig die Arbeit eines anderen zu machen.

„Das wäre doch umso besser gewesen", entgegnete sie. „Die Strafe für Philipp wäre wohl unvergesslich gewesen."

Nun schüttelte Rufus den Kopf.

„Die Karre stand vor meinem Stall", klärte er sie auf. „Sikko hätte wohl als erstes mich bestraft, und erst anschließend Fragen gestellt. Wenn überhaupt."

Alfrun gab einen Laut der Unzufriedenheit von sich.

„Da sprechen wir nochmal drüber", sagte sie in einem Tonfall, der zum Teil gespielt drohend klang, und zum Teil ernst.

Rufus lächelte leicht und nickte.

„Und glaub nicht", sagte sie schnippisch und mit erhobenem Kopf, „dass mir entgangen ist, wie Du mit der Küchenmagd geturtelt hast."

Sie drehte sich um und verschwand durch die Tür. Ein erstarrter Knecht blieb zurück. Erneut hatte er das Gefühl, ertappt worden zu sein, und sich schuldig fühlen zu müssen.

Ein weiteres Mal tat Rufus das einzige, was ihm gerade übrig blieb: Er arbeitete weiter.

Als er wieder ganz in seine Arbeit vertieft war, fuhr ihm der Schreck durch alle Glieder. Der Berg an Geschirr, den er immerhin bereits um die Hälfte reduziert hatte, brach laut krachend zusammen. Teller rollten umher, Scherben lagen auf dem Boden.

Praktisch mittendrin stand der alte Mann im langen, braunen Mantel, seinen Hut auf dem Kopf und seinen Wanderstab in der Hand. Er sah nicht erschrocken aus, vielmehr entschlossen. Aufrecht stand er einfach nur da, wie ein Fels.

„Ich bin blind", rief er, sich offenbar rechtfertigend. Es klang fast entrüstet, so als wollte er einer Schuldzuweisung zuvorkommen und sie mit aller Entschlossenheit von sich weisen.

Auf Rufus wirkte dieses Bild ein wenig, als wäre dieser Satz schon oft in dieser Art gefallen. Es erschien ihm geradezu wie eine generelle Erklärung für praktisch alles. Es kam ihm ein wenig selbstgerecht von dem alten Mann vor.

Der Knecht wollte etwas sagen, doch der alte Mann kam ihm zuvor.

„Der Geruch hat mich hierher geführt", behauptete er. „Gibt es hier etwas zu essen?"

Die Küchenmägde kamen herbei gelaufen, um zu sehen, was passiert war.

Kapitel 2: Wie kann man ein Königreich vergessen?

Rufus war äußerst selten in der Taverne.

Er arbeite schwer für kaum mehr als das bloße Überleben. Vergnügen bestand für ihn darin, mit seinen wenigen Freunden Zeit zu verbringen. Sie hielten sich gerne draußen auf. Die Hügel, die das Dorf umgaben, boten Bäume, auf die man klettern konnte. Am See konnte man an den wärmeren Tagen schwimmen gehen, so fern König Victor nicht gerade im Schloss residierte und den See für sich beanspruchte. Sie kannten auch ein paar Höhlen, in denen sie sich gerne mal vor dem Alltag versteckten. Aber für all das war viel zu selten Zeit. Es gab immer genug Arbeit, die gemacht werden musste.

Es war nicht gerade hell in der Taverne, und es war nicht gerade sauber. Die Luft war abgestanden wie das Bier in den Krügen. Die Geräuschkulisse bestand aus Grummeln, Schimpfen, schmutzigen Witzen und Gelächter. Der Knecht kannte die Menschen hier nicht und fühlte sich fehl am Platz.

Er saß dem alten, blinden Mann gegenüber. Vor beiden stand ein Teller mit einer deftigen Mahlzeit. Der Duft des Essens stieg Rufus in die

Nase. Er roch das Fleisch, die Kartoffeln und das Gemüse. Er bekam Hunger.

„Greif zu", ermutigte ihn der alte Mann. Der Blinde fühlte nach seinem Besteck, ergriff es, lud zielsicher das Essen auf die Gabel und begann zu essen.

Rufus fürchtete, dass er heute sein gesamtes Erspartes verlieren würde, nur um mit einem Fremden eine viel zu teure Mahlzeit in einer ungemütlichen Taverne zu sich zu nehmen. Und wenn das Ersparte nicht reichen würde, dann hätte er eine Menge Ärger am Hals.

Ein Gefühl der Hilflosigkeit überfiel ihn. Er verstand immer noch nicht ganz, wie er in diese Situation gekommen war.

„Ich muss noch arbeiten", erklärte er missmutig.

„Umso wichtiger, etwas im Magen zu haben", entgegnete der alte Mann gleichmütig und schob sich eine weitere voll beladene Gabel ohne Bedenken in den Mund.

Rufus stimmte ihm zu. Und schließlich musste das Essen bezahlt werden, ob er es nun aß oder nicht.

Mit schlechtem Gewissen fing er an zu essen.

„Ich bin Botmar", stellte sich der blinde, alte Mann schließlich vor.

„Ich bin Rufus", erwiderte der Knecht.

Für eine Weile saßen sie einfach nur da und aßen.

„Ich verstehe nicht", sagte Rufus schließlich zögerlich, „wie Ihr es geschafft habt, die Küchenmägde dazu zu bringen, den Abwasch für mich zu machen."

Botmar lachte leise in seinen Bart.

„Wer kann schon einem blinden, alten Mann etwas abschlagen", erklärte er mit einem schelmischen Blinzeln.

Aber er wirkte auch, als hätte er mehr auf Rufus' Frage antworten können. Sein bärtiges, faltiges Gesicht erschien dem Knecht verschmitzt, als würde der alte Mann darauf warten, dass Rufus selbst die Antwort findet.

„Ihr habt sie angelogen", überlegte Rufus laut, „oder zumindest einen Scherz gemacht. Ihr habt die Damen damit verwirrt und reingelegt."

„Nein", entgegnete Botmar ernst und schüttelte den Kopf. „Ich habe niemanden angelogen. Ich habe auch nicht gescherzt. Und reingelegt habe ich erst recht niemanden."

„Wollt Ihr tatsächlich behaupten, es sei wahr", fragte der Knecht in einem besonders zweifelndem Tonfall, „dass Ihr ein Zauberer seid?"

„In gewisser Weise", antwortete der alte Mann lächelnd. Er hatte dabei wieder seinen verschmitzten Gesichtsausdruck. „Wenn man den Begriff großzügig genug auslegt oder einfach richtig versteht."

„Und weiterhin sagt Ihr", fragte Rufus weiter nach, „dass Ihr auf der Suche nach weiteren Zauberern seid, die von Legenden prophezeit wurden?"

Botmar nickte nachdenklich. „So kann man es wohl ausdrücken", erwiderte er schließlich ernster.

„Und ich soll Euch dabei helfen", schloss der Knecht in einem Tonfall, der keinen Zweifel daran ließ, dass er nicht für einen Moment daran glauben würde, was der alte Mann behauptet hatte.

Der Blinde schaute einfach nur in seine Richtung, sowohl ein wenig belustigt, wie auch erwartungsvoll.

„Was sollten das für Legenden sein?", fragte Rufus herausfordernd und lehnte sich vor.

„Ja, kennst Du denn nicht die Legende von dem Zauberer von Asenwald?", rief Botmar plötzlich ungewöhnlich laut und belustigt, so als müsse doch jeder diese Legende kennen.

„Was ist das für eine Geschichte?", fragte jemand vom Nachbartisch.

„Du kennst den Zauberer vom Asenwald auch nicht?", fragte der alte Mann. Er schaute sehr bewusst in Rufus' Richtung, der die gespielte Verwunderung des Blinden sehr wohl als solche vernahm.

„Ein Zauberer?", fragte der Tischnachbar des ersten Fragestellers. „Wo liegt denn Asenwald?"

Botmar legte seine Gabel weg.

„Hat man hier in Magan noch nie von dem geheimnisvollen Odal gehört? Der Asenwald liegt in Odal. Odal ist ein vergessenes Königreich", erklärte er mit einer ausschweifenden Handgeste. Sein theatralischer Tonfall brachte Rufus dazu, einen leicht verdrossenen Gesichtsausdruck zu zeigen. Ein Händler mit Fellumhang stand auf, nahm seinen Bierkrug mit und stellte sich neben den Tisch von Rufus und dem alten Mann.

Dietlinde, die mit ihrem Mann Leander die Taverne leitete, lachte laut. „Wie kann man denn ein Königreich vergessen?", fragte sie ungläubig und stemmte die Hände in die Hüften. Ihr Ausruf brachte zwei weitere neugierige Besucher der Taverne dazu, sich zu nähern.

„Es ist voller Wunder", entgegnete Botmar weiterhin theatralisch in ihre Richtung und drehte sich dann zur anderen Seite, in den Raum hinein und fügte hinzu: „und voller Gefahren."

Rufus schüttelte mit einem abwertenden Lächeln den Kopf. Das Gesagte war keine Antwort auf die gestellte Frage. Er schaute sich um. Dann erstarrte er und machte große Augen: Einer nach dem anderen wurde auf den alten Mann aufmerksam und zeigte Interesse. Langsam standen die Leute auf und kamen näher. Dietlindes Mann Leander kam von hinten aus der Küche, kindliche Neugier stand ihm ins Gesicht geschrieben.

„Gefahren?", fragte der Wächter Volkhard, der gerade zur Tür herein gekommen war. Rufus kannte ihn vom Sehen. Er war der Größte im Dorf, und er war stark und furchtlos.

„Niemand geht leichtfertig in den Asenwald von Odal", raunte Botmar, als könnte ein zu lautes Sprechen darüber bereits Gefahren heraufbeschwören. „Und niemand, der jemals in den Asenwald gegangen ist, kam wieder raus, so wie er vorher war", fügte er mit erhobenem Zeigefinger hinzu.

Der eine oder andere atmete bei den Worten hörbar ein.

Verstohlen blickte Rufus sich um. Tatsächlich war jetzt die gesamte Menge der anwesenden Leute um seinen Tisch herum versammelt und konzentrierte sich vollständig auf den blinden, alten Mann.

„Erzähle mehr", forderte Leander. Der Besitzer der Taverne hatte einen fremdländischen Akzent und dunkle Haut. Auch er war vor Jahren aus einem anderen Land gekommen. Aber von Odal hatte er anscheinend auch noch nicht gehört – und er war begierig, mehr darüber zu erfahren. Seine Augen leuchteten.

„Das will ich gerne tun", sagte Botmar großmütig und nahm erst mal eine Gabel seines Essens.

Während er kaute, war es still in der Taverne. Die Leute um ihn herum warteten gespannt.

„Aber", sagte der Bline langgezogen, „vielleicht habt Ihr zuerst einen Groschen übrig für einen armen alten Wanderer, der blind ist und ohne Begleitung durch die Wildnis gereist ist, um Euch von den Wundern und Schätzen aus dem Asenwald in Odal berichten zu können. Vielleicht auch zwei Groschen."

Rufus fiel bei diesen Worten der Unterkiefer runter. Eben war der alte Mann ein Zauberer, dann wieder ein armer und schutzloser Wanderer. Eben noch erzählte er fremden Leuten Märchen, im nächsten Augenblick wollte er dafür auch noch Geld haben. Er lehnte sich zurück, verschränkte die Arme vor der Brust und lächelte ein humorloses Lächeln. Jetzt würden die Leute anfangen, ihn zu beschimpfen.

Aber wieder fiel ihm der Unterkiefer runter: Die Leute kramten in ihren Taschen nach Geld. Das taten sie auch nicht mürrisch, als müssten sie etwas bezahlen, was sie gar nicht wollten. Nein, sie wirkten sogar begierig darauf, den alten Mann bezahlen zu dürfen.

Rufus beobachtete, wie die Münzen auf den Tisch klimperten und einen kleinen Haufen bildeten.

Mit offenem Mund und großen Augen schaute er Botmar an. Der schien zu ihm zurück zu schauen, und zwar mit einem wissenden und triumphierenden Blick. Als hatte er die Gedanken des Knechtes gelesen und dem Burschen gerade eine Lektion erteilt.

„Ich danke Euch vielmals", sagte Botmar in einem Tonfall von Demut und Dankbarkeit. „So kann der alte Mann sich ein gutes Essen leisten."

„Das Essen geht aufs Haus", sagten Dietlinde und Leander gleichzeitig im entschlossenen Tonfall.

Rufus wäre fast vom Stuhl gefallen.

Kapitel 3: Was ist Zauberei?

„Ihr seid ein Blender, ein Täuscher, ein Lügner", warf Rufus dem blinden Botmar aufgeregt vor. „Ihr habt mit nichts als Worten und Fantastereien den Leuten das Geld aus der Tasche gezogen!"

Sie hatten die Taverne verlassen und gingen auf Kopfsteinpflaster langsam in Richtung des Schlosstores. Botmar gab den Weg und die Geschwindigkeit vor. Rufus wusste überhaupt nicht, warum er den alten Mann begleitete.

Er selbst vermutete, weil er noch verwirrt war. Er hatte gesehen, wie ein alter Mann eine Geschichte erzählt hatte. Er hatte gesehen, wie die Leute ihm dafür vollkommen grundlos Geld gaben, um seine Mahlzeit davon zu bezahlen. Und er hatte gesehen, dass ihm die Mahlzeit dann auch noch geschenkt worden war. Und ihm selbst noch dazu.

Botmar schüttelte ernst den Kopf. „Nichts von alledem bin ich", entgegnete er ernst, „und niemandem habe ich etwas aus der Tasche gezogen. Die Leute haben freiwillig und gerne etwas Geld gespendet, ohne dass sie das hätten tun müssen."

„Ich verstehe jetzt eure Worte", erklärte Rufus. „Wenn man den Begriff weit genug auslegt, dann seid Ihr ein Zauberer, sagt Ihr. Das nennt Ihr also Zauberei!"

Bitterkeit und Geringschätzung lagen in seiner Stimme und in seinem Blick.

Der alte Mann schien von seinen Worten nicht beeindruckt zu sein. Gelassen schritt er den Weg entlang. Sein Gesicht war heiter. Er wirkte unbeschwert.

„Und was bist Du?", fragte der Blinde schließlich mit sanfter und freundlicher Stimme.

„Ich bin ein Stallknecht", antwortete Rufus energisch, „ein Tellerwäscher, ein Müllsammler und ein Straßenfeger."

Er sog die Luft hörbar ein und führte seine Antwort aus: „Ich bin nützlich für die Gemeinschaft, in der ich lebe. Ich helfe dabei, dass das Leben im Dorf und am Hof stattfinden kann und funktioniert."

Er nahm einen weiteren Atemzug, aber Botmar unterbrach ihn.

„Und dafür sind die Leute Dir dankbar und wissen deine harte Arbeit zu schätzen", sagte er in einem unschuldigen Tonfall.

Rufus stockte.

„Das nicht unbedingt", entgegnete er. „Aber darum geht es auch überhaupt nicht."

„Aber Du wirst gut entlohnt für deine ganzen Mühen", warf Botmar heiter ein.

„Nun, nein", widersprach Rufus und dachte einen Augenblick nach. „Bei Leibe nicht!", fügte er kopfschüttelnd hinzu.

Botmar blieb stehen. Entspannt stützte er sich auf seinen Wanderstab und schien Rufus direkt anzusehen.

„Eine interessante Geschichte ist das, die Du da erzählst", erklärte er. „Fast so gut, wie die Geschichten, die Du deinen Pferden erzählst."

Rufus blickte argwöhnisch und verstört. Woher wollte der alte Mann wissen, was er den Pferden im Stall erzählte?

„Willst Du meine Version von deiner Geschichte hören?", fragte der blinde, selbsternannte Zauberer.

Der alte Mann schaute scheinbar in den Himmel und fasste zusammen: „Du schuftest den ganzen Tag, von morgens bis abends, erhältst dafür keinen Dank und einen Hungerlohn, der Dir gerade einmal das Überleben ermöglicht, und Du rechtfertigst das Ganze vor Dir selbst als rechtschaffen und ehrenvoll in einer Welt voller Unrecht und Ehrlosigkeit."

„Was ist daran falsch?", fragte Rufus herausfordernd.

„Nichts", entgegnete Botmar ernst. „Wenn Du damit zufrieden bist. Die Arbeit muss tatsächlich gemacht werden, und irgendjemand muss sie tun."

Der Wanderer zog an einer Kette, die er um den Hals hängen hatte. Sie kam unter seiner Kleidung hervor. An ihr hing ein Schlüssel. Es war ein recht großer, verzierter Schlüssel. Er sah wichtig aus.

„Und wenn aber nun jemand das Talent hat, die Welt zu verändern", dachte er laut nach, „sie zu verbessern, sollte er sich dann dieser Aufgabe auch widmen? Oder sollte er sich lieber weiterhin um Pferdescheiße und um den Müll und den Dreck anderer Leute scheren, was auch jeder andere tun könnte?"

Rufus zuckte mit den Schultern. „Er sollte wohl die Welt verbessern", antwortete er wenig motiviert. Er sah keinen Zusammenhang zwischen dem einen und dem anderen Thema.

„Und hast Du eine Ahnung davon", fragte Botmar weiter, „wie die Welt sich verändern kann, wenn im rechten Augenblick aus Verzweiflung Hoffnung wird? Wenn aus Ziellosigkeit Entschlossenheit wird? Wenn aus Feigheit Tapferkeit wird?"

Rufus überlegte nun. Tatsächlich hatte er selbst bereits bewusst und absichtlich Hoffnung in Menschen geweckt, wo er nicht wusste, ob sie begründet war.

Er hatte seiner Mutter Hoffnung gemacht, dass sein schmerzendes Herz ein vorübergehendes und harmloses Phänomen war. Er hatte seinem Vater Hoffnung gemacht, dass er es mal besser haben würde. Er hatte Alfrun Hoffnung gemacht, dass sich die Umstände für sie und ihn in einer unbestimmten Zukunft verbessern würden. Er machte sogar den Pferden Hoffnung auf ein besseres Leben.

Er fasste sich an sein Herz. Es schmerzte.

„Und was", fragte der Knecht zwischen zusammengebissenen Zähnen hindurch, „hat das mit Dir oder mit mir zu tun?"

„Was ist denn in deinen Augen", fragte der Blinde mit einem durchdringenden Blick in Rufus Richtung, „Zauberei? Ist es die Veränderung der Welt, in dem man die Gedanken und Gefühle der Menschen bewegen und lenken kann? Die Gedanken und Gefühle einzelner Menschen wie auch großer Massen?"

„Oder", fragte er weiter und mit einer ausschweifenden Geste, „ist es Effekthascherei, um Menschen in Erstaunen zu versetzen, ohne ein weiteres Ziel dabei zu verfolgen, als dafür deren Geld zu erhalten?"

Bevor Rufus dazu etwas sagen konnte, packte der blinde Mann ihn plötzlich am Ärmel. In der anderen Hand hielt er seinen Wanderstab und deutete damit in die Luft.

Ein frischer Wind kam auf. Er fuhr Rufus durch die Haare, und er fuhr durch die Bäume in der Umgebung. Die Bäume rauschten, Vögel stiegen aus ihnen auf und flogen davon.

„Das war ein Trick", rief Rufus aus; etwas lauter, als er es beabsichtigt hatte. Seine Augen waren groß. Ein Schauer lief ihm über den Rücken, er hatte Gänsehaut.

Er fasste sich wieder. „Wahrscheinlich hast Du besondere Sinne entwickelt", versuchte er zu erklären, „mit denen Du so einen Wind kommen siehst. Also – spürst. Und das nutzt Du dann."

Botmar lächelte und stützte sich wieder mit beiden Händen auf seinen Wanderstab. „Das will ich überhaupt nicht abstreiten", erwiderte er schelmisch.

„So manches wirkt wie Zauberei, doch ist das Staunen darüber nur der Unwissenheit des Publikums zu verdanken", erklärte der blinde Wanderer. „Doch wenn es die Menschen im Herzen berührt und sie verändert, verwandelt, ergreift -"

Er lehnte sich vor und griff scheinbar nach etwas in der Luft vor sich. In dieser Pose verharrte er einen Moment lang. Dann schien er es zu greifen und führte die geschlossene Hand an sein Herz, über dem der Schlüssel hing, der Rufus wieder ins Auge fiel.

Dann setzte der alte Mann seinen Zeigefinger auf die Brust des Knechtes.

„Das ist Zauberei!", hauchte er. Es wirkte gar nicht theatralisch, aber effektvoll.

Einen Augenblick lang standen sie so da.

Rufus zeigte dann in die Richtung, in die er als nächstes zu gehen gedachte.

„Ich muss jetzt arbeiten", erklärte er.

„Ich weiß", rief Botmar aus und fuhr nach einem Augenblick fort, „dass Du eine besondere Gabe hast, mein junger Freund. Du hast ein Talent dafür, Menschen und Tiere in deinen Bann zu ziehen und ihren Zustand zu ändern. Du kannst ihnen Gedanken vermitteln und Gefühle in ihnen erzeugen. Das konntest Du schon immer. Deshalb habe ich von Dir gehört und mich auf den Weg gemacht, Dich zu begutachten."

Ungläubig schaute ihn Rufus an, unfähig, etwas darauf zu entgegnen.

„Du hast ein intuitives Verständnis für die Mechanismen und ihre Wirkung", ergänzte der alte Mann. „Aber ohne Technik, ohne das notwendige Handwerkszeug bleibst Du machtlos."

Rufus nickte höflich und wollte sich verabschieden.

„In Odal würden wir Dir zeigen, wie es geht", sagte der Blinde im geheimnisvollen Tonfall und ließ dabei seine Augenbrauen hüpfen.

Rufus lachte.

„Ihr haltet immer noch an der Geschichte fest", fragte er spöttisch, „die Ihr den Mägden und den Menschen in der Taverne erzählt habt? Und jetzt soll ich mit Euch kommen und ein Zauberer werden?"

„Ein Zauberer bist Du bereits", entgegnete Botmar ernst. „Nur ein schlechter, solange Du nicht eine Ausbildung erhalten hast."

„Ah, eine Ausbildung", rief Rufus, als hätte er nun etwas verstanden.

„Natürlich", antwortete Botmar nickend.

„Und was würde mich das kosten?", fragte Rufus vorahnend.

„Nichts", antwortete der alte Mann schlicht.

„Was müsste ich dafür tun?", fragte Rufus weiter.

Der alte Mann hüstelte kurz und schien es vorzuziehen, nicht zu antworten.

„Das hab ich mir gedacht", rief Rufus triumphierend.

Botmar nickte.

„Viel harte Arbeit würde auf Dich warten, das gebe ich zu", sagte er. „Aber der Lohn ist mehr als alles Geld der Welt wert. Und die Legende sagt, dass Du ein Meister sein wirst."

„Ich muss mich jetzt um den Müll und den Dreck anderer Leute kümmern", entgegnete Rufus schroff, drehte sich um und ließ den alten Mann vor dem Schlosstor stehen.

„Wir sehen uns", sagte Botmar, wohl mehr zu sich selbst als zu Rufus.

„Du kennst ja den Weg", murmelte er in seinen Bart und schritt hinaus in die Wildnis.

Kapitel 4: Wer ist hier der Narr?

„Hat er wirklich gesagt, er wäre ein Zauberer?", fragte Alfrun neugierig.

Es war Abend. Sie saßen in den Bäumen, welche an den Hügel wuchsen, die das Dorf umgaben. An der einen Stelle, an der das Dorf nicht von Hügeln umgeben gewesen war, hatte man das Schloss gebaut. So war das Dorf gut geschützt.

Rufus nickte.

„Und er wollte wirklich, dass Du mit ihm kommst?", fragte Philipp ungläubig.

„Ja", bestätigte Rufus.

Philipps Augen leuchteten.

„Den hätte ich gerne getroffen", sagte er verträumt. „Vielleicht hätte er dann mich mitgenommen, und ich wäre auch ein großer Zauberer geworden."

„Du hast deine Gelegenheit verpasst", tadelte Alfrun ihn, „als Du die Mistkarre hast stehen lassen, anstatt deine Arbeit zu machen. Räum deinen Mist weg, dann nimmt Dich vielleicht der nächste Zauberer mit."

Sie sagte es nicht ohne eine gewisse Genugtuung. Oft genug haben sie und Rufus die Arbeit von Philipp übernehmen müssen, weil dieser sie einfach stehen gelassen hatte.

Alfrun und Rufus grinsten sich dabei an. Auch Rufus gefiel es, dass Philipp die Konsequenzen seines eigenen Verhaltens vorgeworfen bekam.

Philipp seinerseits schien den Vorwurf gar nicht gehört zu haben. Er blickte verträumt in die Ferne und hatte den Mund offen stehen.

„Dann käme ich als mächtiger Zauberer wieder und würde es allen heim zahlen, die mir Unrecht getan haben", rief der blonde Stallknecht schließlich und hob die Arme in die Höhe, als würde er einen mächtigen Zauber wirken wollen. Dann hielt er sich schnell wieder fest, als er das Gefühl hatte, das Gleichgewicht zu verlieren und vom Baum zu rutschen.

„Schöne Geschichte", spottete Alfrun und sorgte mit diesen Worten für einen nachdenklichen Ausdruck auf Rufus' Gesicht. „Nur hat Dir niemand Unrecht getan. Dir höchstens gezeigt, dass Du deine Arbeit machen musst, und auch das meist viel zu sanft. Als Zauberer würdest Du wohl auch nur den ganzen Tag über faul herum liegen und schlafen."

Bei diesen Worten musste Rufus lachen. Aber Alfrun musste ihn nur ansehen und sich mit der Hand über das Ohr streichen, genau so wie Gewnda es oft tat, um ihn damit an das heutige Erlebnis zu erinnern, bei welchem sie ihn beim Abwasch aufgesucht hatte. Rufus verstummte und machte ein ernstes Gesicht. Jetzt lachte Alfrun.

„Es fängt an zu regnen", rief Phillip und begann, den Baum hinunter zu klettern. Alfrun und Rufus folgten ihm hinab.

Sie liefen durch den Regen zu der von dort aus am naheliegensten Höhle.

In der Höhle war es düster. Auf einem großen Stein in der Höhle saß bereits jemand. Vorsichtig kamen sie ein wenig näher, bis sie die Person erkannten. Es war Ratte. Ratte war der Narr im Dienste des Königs. Seine leicht gebeugte Haltung und sein Überbiss hatten ihm wohl seinen Namen gegeben. Seine Kleidung war aus den verschiedensten ausgetragenen Kleidungsstücken zusammengenäht worden, auch aus bunten Frauenkleidern.

„Ich geh ins Bett", verabschiedete sich Philipp plötzlich. Er fürchtete sich scheinbar vor dem Narren. Durch den Regen lief er davon.

Alfrun und Rufus kamen näher und begrüßten Ratte freundlich, der ebenso freundlich zurückgrüßte.

„Bist Du gar nicht beim König?", fragte Rufus.

Ratte schüttelte den Kopf.

„Ich war krank", antwortete er.

„Hat Philipp Angst vor Dir?", fragte Alfrun den Narren.

Ratte lachte. „Er war mal unverschämt zu mir", sagte er. „Da hab ich ihm erzählt, dass ich einen Zauber kenne, durch den er für immer ein Bettnässer bleiben wird. Ein Ratten-Zauber."

Alfrun und Rufus schauten verdutzt.

„Das ist jetzt schon eine ganze Weile her", erklärte Ratte und winkte ab.

„Und in all der Zeit hat er das nicht vergessen?", fragte Rufus erstaunt.

Wieder lachte Ratte. Vielleicht war es auch diese Art von Lachen, die ihm seinen Rufnamen gegeben hatte. Es klang hell und ein wenig gehässig.

„Ich hab ihn regelmäßig daran erinnert", erklärte der Narr mit Genugtuung. „Eine tote, aufgespießte Ratte und ein paar stinkende Pilze und seltsame Steine, die im Kreis drum herum liegen, können wirklich Eindruck machen."

Er lachte wieder in seiner gehässigen Art.

„Wie gemein von Dir", urteilte Alfrun, wenn auch mit wenig Mitleid Philipp gegenüber.

„Er war auch nicht gerade nett zu mir", entgegnete Ratte. „Er hat mich als Kind ständig mit Dreck beworfen und beschimpft. Ist es verwunderlich, dass ich mir etwas einfallen ließ, damit er damit aufhört?"

„Gar nicht so dumm", musste Rufus anerkennen. „Mit einer Lüge hast Du Dir Frieden erkauft."

„So sehr gelogen war das gar nicht", erwiderter der Narr. „Ich habe später noch seine Mutter darüber klagen hören, dass er einfach nicht mit dem Bettnässen aufhören wollte. Und ich bin sicher, es hatte mit meinem falschen Zauber und seiner Angst davor zu tun."

Wieder lachte er.

„Worte können so mächtig sein, dass sie die Welt verändern", erklärte er seine vorherige Behauptung, „oder zumindest die Menschen. Wenn Du etwas aussprichst, was nicht wahr ist, dann nenne ich das eine Lüge. Aber wenn Du etwas aussprichst, was erst nicht wahr ist, hinterher aber schon, dann nenne ich das eine Geschichte!"

Ratte wirkte stolz auf seine Erklärung. Er zog die Beine an, umschlang sie mit den Armen und schaukelte so ein wenig vor und zurück. Er grinste breit und selbstzufrieden.

Eine Weile lang dachten die Magd und der Knecht über die Worte des Narren nach. Nur das Rauschen des Regens war zu hören.

„Bist Du etwa auch ein Zauberer?", fragte Rufus ihn argwöhnisch.

Ratte hörte auf zu schaukeln und bekam einen Gesichtsausdruck, als hätte er einen Geist gesehen.

„Zauberer?", fragte er leise zurück.

„Heute war ein blinder, alter Mann im Dorf", erklärte Rufus. „Er behauptete, ein Zauberer zu sein und andere Zauberer zu suchen, die in einer Legende erwähnt werden. Oder in mehreren, ich bin mir nicht sicher. Ist ja auch egal. Er wollte, dass ich mit ihm mit gehe. In ein Königreich, das man vergessen hat. Nach Odil."

„Odal", berichtigte ihn der Narr mit großen Augen. Ehrfurcht lag in seinem Blick.

„Der alte Mann brachte die Küchenmägde dazu, meine Arbeit zu machen", fuhr der Knecht fort, „und nahm mich mit in die Taverne. Dort erzählte er den Leuten eine Geschichte, ließ sich dafür Geld geben und bekam sein Essen noch dazu geschenkt. Nun ja, ich meines auch."

Er schaute bei den Worten beschämt zur Seite und fuhr dann fort: „Er erzählte von dem großen Zauberer im Asenwald."

Das letzte Wort sprach der Narr mit.

Rufus sprach weiter: „Er sprach davon, dass ich auch ein Zauberer wäre und eine Ausbildung bräuchte. Dann könnte ich die Welt verändern.

Furcht in Hoffnung verwandeln und Geschichten zu Mahlzeiten."

Dann blickte er Ratte an. „Du kennst die Geschichte von Odal?", fragte er ihn.

„Warum bist Du nicht mit ihm gegangen?", fragte Ratte ihn zurück, ohne seine Frage zu beantworten.

Rufus zuckte mit den Schultern.

„Ich kann hier nicht weg", erklärte er. „Nur ich darf mich um die Pferde des Königs kümmern, und dann habe ich auch noch andere Aufgaben hier."

Unsicher blickte er zu Alfrun hinüber. Ihm ging noch ein weiterer für ihn sehr wichtiger Grund durch den Kopf, das Dorf nicht verlassen zu wollen, aber er traute sich nicht, ihn auszusprechen.

„Außerdem", fügte Rufus hinzu, „sagte er, ich müsse hart arbeiten. Für mich klang das nach einen Trick, sich billige Arbeitskraft zu ergaunern."

Ratte kicherte. Er kicherte nur leise, aber es klang, als sei er gerade verrückt geworden.

„Sieh mal einer an. Der Pferdeflüsterer wird Zauberer", sagte er leise und kopfschüttelnd.

Mit einer Geste gebot er Rufus, näher zu kommen.

„Komm mal her", forderte er den Knecht belustigt auf.

Rufus kam etwas näher.

„Komm schon her", forderte Ratte deutlicher und verstärkte auch seine Geste.

Rufus trat zögernd nahe an den Narren heran.

Es knallte regelrecht, als Ratte mit der flachen Hand einen schwungvoll Schlag gegen den Kopf des Knechtes ausführte.

Rufus schrie vor Schreck und Schmerz auf, Alfrun stieß einen Laut der Empörung aus und Ratte lachte laut, fast wie ein kleines Kind.

Einen Augenblick lang passierte nichts. Keiner rührte sich. Dann machte Rufus eine schnelle Bewegung auf Ratte zu, verharrte dann aber.

Der Narr schüttelte den Kopf. „Du tust mir nichts", sagte er gelassen. „Und ich kann Dir auch sagen, warum nicht."

„Warum nicht", wollte Rufus wissen. Er war Schläge gewohnt, und er bekam sie aus den unterschiedlichsten Gründen, manchmal auch völlig grundlos. Sie gehörten zu seinem Leben dazu. Seine Wut über den Schlag des Narren verflog schnell.

Ratte hielt etwas in die Luft. „Wisst Ihr, was das hier ist?", fragte er.

Alfrun und Rufus kamen etwas näher, um es deutlicher zu sehen. Rufus hielt jedoch genug Abstand, um nicht wieder geschlagen zu werden, was Ratte mit einem Lächeln registrierte.

„Ein Stein", antwortete Alfrun schließlich.

„Wirklich nur ein Stein?", fragte der Narr und streckte seinen Arm noch ein wenig mehr aus, auch in Rufus' Richtung, um ihm zu zeigen, dass er nicht vorhatte, ihn nochmals zu schlagen. „Ein ganz gewöhnlicher Stein, wie alle anderen Steine auch?"

Knecht und Magd schauten aufmerksam.

„Ja", sagten schließlich beide gleichzeitig.

Ratte hielt den Stein hoch. „Dies ist der Stein", erklärte er langsam und mit einem wichtigen Tonfall, „den der König sein halbes Leben lang mit ins Bett nahm als sein persönlicher Glücksbringer."

Mit einem Laut des Erstaunens kamen Alfrun und Rufus noch ein Stück näher.

„Ist dieser Stein jetzt besonders oder nicht?", fragte der Narr herausfordernd.

„Ja", sagten Rufus und Alfrun wieder gleichzeitig, während sie den Stein mit großen Augen betrachteten.

Ratte lachte wieder in seiner gehässig klingenden Art und warf den Stein plötzlich achtlos durch die Höhle.

Alfrun schaute den Narren entsetzt an.

Rufus schlug seine Augen nieder, als schämte er sich. „Eine Lüge", erklärte er verächtlich.

Ratte hob den Zeigefinger. „Aber bedenke", rief er. „Ich habe gerade selber dafür gesorgt, dass es eine Lüge wird. Hätte ich mich anders verhalten, dann wäre die Geschichte für Euch wahr geblieben. Ihr hättet mir vielleicht Geld für den Stein geboten", sagte er und kicherte bei dem Gedanken, „und er hätte Euch etwas bedeutet. Ihr hättet Euch vielleicht besser gefühlt, wichtiger oder gesegnet, weil ihr diesen Stein besessen hättet. Vielleicht hätte er Euch dazu inspiriert, Großes zu leisten. Wäre es dann eine schlechte Geschichte gewesen?"

„Ja", sagte Rufus.

„Nein", sagte Alfrun zur gleichen Zeit.

Knecht und Magd blickten sich an.

„Ich kenne die Legenden nicht nur. Ich war selbst in Odal", beantwortete Ratte schließlich Rufus' Frage. Damit hatte er gleich wieder die volle Aufmerksamkeit der beiden Bediensteten.

„Das Zeug zu einem Zauberer hatte ich nicht", fuhr er fort, „also wurde ich Narr."

Er zuckte mit den Schultern. „Das ist fast das gleiche", erklärte er gleichmütig.

Dann blickte er Rufus eindringlich an.

„Ein Narr", sagte er ernst, „hat ein schönes und einfaches Leben. Ich habe einen lustigen Namen, ich sehe lustig aus", er machte dabei eine Ratte nach, die auf zwei Beinen stand und mit ihren Zähnen in der Luft herum knabbert, „und ich kann mir Geschichten ausdenken, mit denen ich mich interessant mache und mit denen ich sogar einen gewissen heimlichen Einfluss auf die Gedanken seiner Majestät habe."

Er machte eine kurze Pause und schien seine Worte zu genießen. „Ihr erkennt sicher, auch wenn es nicht offensichtlich ist: Als Narr des Königs hab ich Macht, und es wäre gefährlich, einen Narren zum Feind zu haben."

Ratte blickte Rufus unverblümt an. „Deswegen rührt niemand einen Narren an, ohne sich selbst damit in Lebensgefahr zu begeben", sagte er selbstsicher.

Er holte tief Luft, bevor er weitersprach: „Ein Narr muss jedoch auch selber stets mit dem Tod rechnen. Ich wurde krank und konnte den König nicht auf seiner Reise begleiten. Das ist eine Gelegenheit, die einen lustigen Narren schnell zu einen toten Narren machen kann. Ich werde auch älter. Früher oder später verliert der König seine Lust an mir. Der Trick ist, das Weite zu suchen, bevor er mich hängen oder köpfen lässt. Bevor die

Macht meiner Geschichten mich nicht mehr am Leben erhält."

Er zeigte auf Rufus. „Du allerdings", sagte er mit einem anklagenden Tonfall, „hast die Möglichkeit, ein Zauberer zu werden. Ein Meister der Geschichten, der die Menschen mit seinen Worten heilen und zerstören kann. Der ganze Heerscharen erschaffen, führen und vernichten kann. Der das Schicksal bestimmen kann wie kein anderer."

Ratte grinste. „Jemand, der diese Gelegenheit nicht nutzt", sagte er leise, „ist ein Narr!"

Rufus schluckte.

„Aber", wandte Ratte ein, „vielleicht ist es ja wirklich wichtiger, Scheiße umher zu karren und sich im Müll und Dreck anderer Leute zu wälzen. Und nichts würde hier mehr so funktionieren wie vorher, wenn plötzlich der Tellerwäscher fehlte."

Auch Alfrun schluckte. Sie schien den Narren in einem ganz anderen Licht zu betrachten, als dies vorher der Fall gewesen war.

„Wie heißt Du eigentlich wirklich?", wollte sie plötzlich von ihm wissen.

Der Narr schaute sie ganz erstaunt an. Für einen Augenblick sagte er nichts.

„Ratbold", antwortete er schließlich. Es klang fast dankbar.

„Ich verstehe", sagte die Magd. „Ratbold, die Ratte. Daher dein Rufname. Und er hilft Dir wahrscheinlich dabei, ein lustiger Narr zu sein."

Ratte nickte stumm und aufmerksam.

Noch immer rauschte der Regen. In der Höhle war kaum noch etwas zu sehen.

„Danke, Ratbold", sagte Alfrun wertschätzend.

Der Narr nickte ein weiteres Mal. Ein Feuer schien in seinen Augen zu leuchten. Er wirkte glücklich.

„Wir müssen jetzt gehen", meinte Alfrun. „Wir sehen uns, Ratbold."

Mit diesen Worten zog sie Rufus am Ärmel nach draußen, und sie ließen einen Narren hinter sich zurück.

Sie liefen durch Regen und Matsch.

Auf halben Weg zu ihren trockenen Unterkünften ergriff Alfrun wieder Rufus' Ärmel und brachte ihn zum Stehen.

Schwer atmend standen sie sich gegenüber und schauten sich an.

„Ich will, dass Du gehst", rief Alfrun. Ihr Tonfall und ihr Gesicht drückten Verzweiflung aus.

„Was?", rief Rufus ungläubig. „Wohin?"

Der Regen prasselte auf sie ein. Sie wurden vollkommen durchnässt.

„Ich will, dass Du ein Zauberer wirst", antwortete die Magd mit zitternder Stimme. „Ich will, dass Du etwas aus Dir machst. Dass Du Menschen heilen kannst. Dass Du den Leuten Hoffnung gibst. Dass Du dein Schicksal lenkst."

„Ist das nicht vollkommen verrückt?", fragte Rufus entsetzt.

Der Regen wurde stürmischer.

„Die Geschichten, die wir uns immer ausgedacht haben", erinnerte Alfrun ihn eindringlich. „Unsere gemeinsamen Träume und Ideen und Wünsche. Dass es uns mal besser geht."

„Aber das sind", fing Rufus an und stockte.

„Aber das sind doch nur Geschichten?", rief Alfrun aus. Ihre Stimme überschlug sich fast. „Denkst Du so darüber?"

Sie weinte. Im Regen waren ihre Tränen nicht sichtbar, aber Rufus sah es ihr deutlich an.

„Gibt es in Wirklichkeit keine Hoffnung für uns?", fragte sie mit sterbender Stimme.

Sie fiel auf die Knie. So lag sie im Matsch und blickte verzweifelt zu ihm auf. Der Regen peitschte auf sie nieder.

Rufus sank zu ihr hinunter und fasste sich an die Brust. Ein wahnsinniger Schmerz durchzog ihn von seinem Herzen aus, den ganzen Körper hindurch.

„Wenn Du es schon nicht für uns tust", sprach sie mit bebender Stimme, aber einer festen Entschlossenheit, wie Rufus sie noch nie bei seiner heimlichen Liebe gehört hatte, „dann tue es wenigstens für Dich selbst. Und vielleicht", ihr brach die Stimme, „denkst Du mal an mich. Aber wehe Dir, ich sehe Dich morgen wieder!"

Sie sprang auf und rannte davon.

Er konnte ihr nicht hinterher laufen. Er konnte sie nicht einmal rufen. Der Schmerz hielt ihn am Boden. So stark und so lange hatte er den Schmerz noch nie verspürt.

Kapitel 5: Wieviel Freiheit verträgst Du?

Am nächsten Morgen quälte sich Rufus aus dem Bett. Ein Geräusch an der Tür weckte ihn.

Der Abend zuvor war überaus anstrengend für ihn gewesen. Das Gespräch mit dem Narren, das ihn vieles überdenken ließ. Die Auseinandersetzung mit Alfrun, die ihm noch in den Knochen steckte. Die nassen Kleider am Leib, die er schnell hatte wechseln müssen, um nicht krank zu werden.

Der gesamte vorherige Tag hatte ihn überfordert. Der Zauberer, der aufgetaucht war und ihn in eine andere Welt mitnehmen wollte, hatte ihn bereits verwirrt. Der Narr, der die Aussagen des Zauberers bestätigt hatte, hatte ihn geschockt. Und Alfrun, die von ihm verlangte, sein Schicksal in einer unbekannten, fernen Zukunft an einem anderen Ort zu suchen, hat ihn schließlich völlig umgeworfen.

Seine Gedanken begannen bereits wieder, in seinem Kopf zu rotieren.

Die Kleidung von gestern war noch nass, also zog er seine einzige Ersatz-Kleidung an.

Er öffnete die Tür und wollte zu den Ställen eilen. In der Dämmerung übersah er den Sack, der vor seiner Tür lag, und stolperte darüber. Der Länge nach fiel er in den Dreck.

Mit einem leisen Fluch rappelte er sich wieder auf und begutachtete den Sack, über den er gefallen war. Er schaute sich nach einem möglichen Besitzer um, aber niemand war zu sehen.

Der Knecht öffnete den Sack. Er fand darin Brot vor, Käse, Äpfel, Wurzeln, Sauerampfer, Rotkohl und einen Wasserschlauch. Es sah so aus, als hätte jemand in der Vorratskammer der Küche geplündert. Auch eine kleine Brosche lag darin: eine ovale Scheibe mit einem Baum drauf. Er wusste, wem sie gehörte.

„Alfrun", flüsterte Rufus vorwurfsvoll.

„Alfrun", flüsterte er wehmütig.

Für einen Augenblick verließ ihn alle Kraft, und er sank zu Boden. Tränen lösten sich und liefen ihm über das Gesicht. Er schluchzte. Hoffnungslosigkeit beherrschte ihn.

Dann schluckte er, wischte sich die Tränen aus dem Gesicht und rappelte sich mühsam wieder hoch. Er schluckte und versuchte, die

Beherrschung wiederzugewinnen. Er schüttelte den Kopf.

„Alfrun, ich schwöre Dir, ich vergesse Dich nicht", flüsterte Rufus in die Dämmerung.

Er schulterte den Sack.

„Ich schwöre Dir, ich versuche ein Zauberer zu werden", flüsterte er.

Entschlossen marschierte er in Richtung des Schlosstores.

„Ich schwöre Dir, ich komme wieder", flüsterte er.

Er drehte sich noch einmal um.

„Oder ich sterbe bei dem Versuch", flüsterte er unsicher.

Dann ging er endgültig.

Alfrun saß im Schatten eines Hauses, hinter einem kaputten Fass versteckt. Als Rufus ging, sank sie zusammen und brach in Tränen aus.

Rufus' Entschlossenheit reichte ziemlich genau bis zum Schlosstor, das gerade mit lautem Gepolter und Geratter heruntergelassen wurde.

Ängstlich blickte er sich um. Was würde mit ihm passieren, wenn er mit dem Sack gestohlener Lebensmittel gefasst werden würde? Was würde mit Alfrun passieren, wenn herauskam, dass sie die Lebensmittel gestohlen hatte? Was würde hinter dem Tor auf ihn warten? Der sichere Tod?

Seine Schritte wurden langsamer und unsicher.

Jemand stellte sich ins Tor; groß, breitbeinig, bewaffnet. Die Silhouette Volkhards, des größten Mannes im Dorf, wirkte bedrohlich. Hinter ihm stiegen die Nebel der Wildnis auf.

„Wer ist da?", fragte er mit tiefer, fester Stimme. Er schien sich noch etwas größer zu machen.

„Rufus", sagte Rufus zögerlich, „der Stallknecht."

Langsam schritt Volkhard auf ihn zu. Unerschrocken blickte er auf den Knecht hinab und stützte sich auf seinen Speer.

„Wo willst Du hin?", fragte der Wächter. Es klang nicht direkt argwöhnisch, aber er forderte entschlossen eine Antwort.

Rufus blickte ängstlich an ihm vorbei, dann warf er einen Blick hinter sich. Er schien es selbst noch nicht so genau zu wissen.

„Ich kenne Dich doch", sagte Volkhard nachdenklich. Dann fiel es ihm ein.

„Du warst doch in der Taverne, mit dem Zauberer zusammen", rief er, plötzlich aufgeregt.

Rufus duckte sich ein wenig, als erwartete er Schläge, oder dass ihm der Himmel auf den Kopf fiel.

„Genau", bestätigte Volkhard sich selbst, als er sich klarer zu erinnern begann. Dabei schlug er Rufus mit der Rückseite seiner Hand gegen die Schulter, dass dieser zusammenzuckte.

„Und jetzt gehst Du in das vergessene Königreich, um selber ein Zauberer zu werden", schlussfolgerte der große Wächter und nickte anerkennend.

Rufus öffnete den Mund. Reflexartig wollte er widersprechen und versuchte, ein Kopfschütteln anzudeuten. Aber weder sein Mund noch sein Kopf gehorchten ihm. Nur einen ungeformten Laut brachte er hervor.

„Junge, hast Du einen Mut", lobte der Wächter Rufus. „Deinen Schneid möchte ich mal haben!"

„Ah", sagte Rufus überrascht. Er spürte deutlich die Angst in seinen Knochen. „Ja... Danke."

„Und was hast Du da im Sack?", fragte Volkhard. Er fragte jetzt nicht mehr fordernd, seine Stimme zeugte von Neugier.

Rufus verspürte den Drang wegzulaufen, aber seine Beine standen wie angewurzelt da. Er dachte an die Brosche, die Alfrun verraten würde.

„Essen", sagte er schwach und beschimpfte sich innerlich dafür. Vor seinem inneren Auge spielte sich eine Szene ab, in der Sikko ihn in der Wanne für den Abwasch ertränkte.

„Das wirst Du bestimmt auch brauchen", lachte Volkhard. „Es ist sicher ein langer Weg. Auch wenn Du den Weg kennst."

„Ich", begann Rufus. Er überlegte. Botmar hatte in der Taverne erzählt, wie man nach Odal gelangte. Die Wegbeschreibung war gewissermaßen Teil der Geschichte gewesen. Ob diese vage Beschreibung ihm allerdings nützen würde, daran zweifelte er stark.

„Dann wünsche ich Dir viel Glück, mein lieber Rufus", sagte Volkhard wohlwollend. „Dann bist Du jetzt ein freier Mann."

Der Wächter klopfte ihm auf die Schulter.

„Warte", rief er aufgeregt, obwohl Rufus noch keinen Fuß vom Boden gehoben hatte. Volkhard löste eilig ein Messer von seinem Gürtel und überreichte es Rufus in einer feierlichen Geste mit beiden Händen, seinen Speer dabei zwischen Arm und Körper geklemmt.

„Hier, das kannst Du vielleicht gebrauchen", kommentierte er. „Ich würde mich freuen und es wäre mir eine Ehre, wenn ich Dir damit geholfen hätte."

Rufus machte große Augen. Er konnte es gar nicht fassen. Wie im Traum bewegte sich jedoch seine Hand zum Messer und nahm es.

„Danke", sagte Rufus aufrichtig dankbar.

Volkhard schien sich wahrhaftig zu freuen, dass Rufus sein Messer als Geschenk angenommen hatte. Nun gab er ihm breit lächelnd den Weg frei in ein neues Leben. „Viel Glück", sagte er, offenbar tief berührt.

Es wurde ein warmer Tag. Die Sonne schien und eine leichte Brise sorgte für Frische. Vögel sorgten für eine sanfte Geräuschkulisse, Schmetterlinge tanzten in der Distanz umher.

Rufus ließ Moortal und seine Felder hinter sich und folgte dem Weg, den er aus der Erzählung Botmars kannte. Bisher gab es ja auch nur den einen Weg, dem er zu folgen hatte.

Seine Sorgen und Ängste wurden für eine Weile gemildert durch das freundliche Wetter und die neuen Eindrücke die er aufnahm, währen er dem Weg durch grüne Wiesen und Wälder folgte. Er lauschte den Vögeln und schaute den Schmetterlingen beim Tanzen zu. Manchmal blieb er stehen und ließ die neue, freie Welt um sich herum auf sich wirken.

Er hatte das Gefühl, das Leben von einer ganz neuen Seite kennen zu lernen. Es gab keinen Stall auszumisten, keinen Abwasch zu machen, keinen Müll einzusammeln und keine Wege zu fegen. Er fühlte sich frei.

Wehmut kam auf, wenn er an seine Freunde dachte. Vor allem der Gedanke an Alfrun schmerzte ihn. Doch er schwor innerlich immer wieder, möglichst bald zurückzukehren.

Ein größerer Stein am Wegrand bot sich ihm schließlich für eine erste Rast. Er setzte sich, legte den Sack neben sich ab, öffnete ihn und holte etwas Brot und Käse heraus. Auf der gegenüberliegenden Seite des Weges landete ein Rabe auf den Überresten eines jungen Baumes, der offenbar einem Sturm nicht standgehalten hatte. Aufmerksam sah er Rufus an.

Rufus grüßte ihn stumm mit einem Lächeln auf dem Lippen, gewissermaßen als ein Gruß von einem freien Lebewesen zum nächsten, stellte er sich vor.

„Krah", schrie der Rabe.

„Na, bist Du auch ein Zauberer?", fragte Rufus amüsiert.

„Krah", schrie der Rabe wieder.

Rufus nickte, als würde er ein echtes Gespräch mit dem Vogel führen.

„Das scheint im Augenblick jeder zu sein, der mir begegnet", kommentierte er.

Der Rabe flog los und griff Rufus an. Der wusste gar nicht, wie ihm geschah. Schnell begriff er, dass der Rabe es auf sein Essen abgesehen hatte.

Er sprang auf und umher und ruderte dabei mit den Armen durch die Luft. Da der ehemalige Stallknecht keine Erfahrung im Kampf gegen Raben hatte, schaffte dieser es auch schnell, ein Stück seines Brotes abzureißen und damit davon zu fliegen. Rufus blieb wütend zurück.

Er konnte es gar nicht glauben, gerade von einem Vogel bestohlen worden zu sein. Fassungslos setzte er sich wieder auf seinen Stein. Er biss von Brot und Käse ab und schaute verdrießlich vor sich hin, während er kaute.

Das Flattern von Flügeln erregte seine Aufmerksamkeit. Und wieder saß ein Rabe auf dem Rest des jungen Baumes. Der selbe wie zuvor oder ein anderer, das wusste Rufus nicht. Doch er wusste, was er jetzt tun würde. Auge in Auge mit dem Vogel packte er zügig sein Essen wieder ein, schulterte den Sack und machte sich wieder auf den Weg.

„Krah", schrie der Rabe ihm nach, was ihn seinen Gang beschleunigen ließ.

Er schaute sich immer wieder um, aber der Vogel schien ihn nicht zu verfolgen. Dann hielt er und kramte sich einen Apfel aus dem Sack heraus, bevor er seinen Weg fortsetzte.

Kapitel 6: Wovor läufst Du weg?

Vor ihm lag ein kleines Wäldchen. Während er langsam hindurch schritt, erkannte Rufus durch die Bäume hindurch ein Häuschen, das in einiger Entfernung abseits des Weges gebaut worden war. In Botmars Erzählung tauchte dieses Häuschen nicht auf.

Neugierig verließ Rufus den Weg und näherte sich dem Häuschen. Es war recht eigenwillig zusammengebaut worden, dennoch machte es einen stabilen Eindruck. Zweige waren auf dem Dach befestigt worden. Rufus überlegte, ob das der Tarnung hatte dienen sollen. Doch vermutlich war ein Teil des Daches in der letzten Nacht abgedeckt worden, so dass er das Häuschen bereits vom Weg aus hatte erkennen können.

Vor dem Haus räumte ein älterer Mann Kisten umher. Sie enthielten Felle, soweit Rufus das erkennen konnte.

„Hallo", grüßte Rufus bereits auf Entfernung.

Der ältere Mann zuckte zusammen und drehte sich noch immer leicht gebeugt um. Sein Gesicht war von Argwohn und Mühe geprägt. Seine Kleidung war vielfach geflickt und schmutzig.

Wild standen die wenigen weißen Haare ab, die er noch hatte.

„Wer bist Du?", krächzte der Mann.

„Ich bin Rufus", stellte sich Rufus freundlich vor. „Ich bin auf dem Weg nach", sagte er noch.

„Was willst Du hier?", unterbrach der Mann ihn aufgebracht.

Rufus fühlte sich ein wenig eingeschüchtert. Eigentlich wollte er überhaupt nichts hier. Unsicher zeigte er in die Richtung, aus welcher er gekommen war, dann in die Richtung, in die er zu gehen gedachte und zuckte dann mit den Schultern. Schließlich öffnete er den Mund, um sich mit einer Erklärung zu versuchen.

Der Mann vor ihm führte in der Zeit eine Hand zum Mund, steckte zwei Finger rein und pfiff laut. Er ließ Rufus nicht aus den Augen, während er hinter eine Kiste griff und einen Knüppel hervor zog.

Rufus machte große Augen und eine abwehrende Geste. Er bemerkte, wie auf dem Dach des Hauses eine weitere Person sichtbar wurde. Ein kräftiger, bärtiger Mann blickte ihn finster an.

Um das Haus herum kam ein junger, kräftiger Bursche. Er trug einen selbstgemachten Speer bei sich und kam zügig auf Rufus zu. Sein Gesicht verzerrte sich augenblicklich vor Zorn, als er den offensichtlich unerwünschten Besucher erblickte.

Rufus öffnete den Mund, wusste jedoch nichts zu sagen. Er machte einen Schritt zurück, stolperte und fiel rückwärts hin. In Panik rappelte er sich auf und griff nach dem Sack, der ihm aus der Hand geglitten war. Brot, Käse und zwei Äpfel rollten dabei heraus, doch er kümmerte sich nicht darum und suchte sein Heil in der Flucht.

Der junge Bursche hatte ihn schon fast erreicht. Er gab einen aggressiven Schrei von sich und nahm entschlossen den Speer in beide Hände.

Rufus begann zu laufen. Er hörte noch einmal den wütenden Schrei hinter sich und lief so schnell wie er konnte. Er lief aus dem Wäldchen heraus, über eine Weggabelung hinweg und noch ein wenig weiter. Dann wagte er erst wieder, sich umzudrehen.

Niemand schien ihn zu verfolgen. Er fiel auf die Knie und rang nach Luft.

Als er wieder durchatmen konnte, stand er auf. An der Weggabelung hätte er den rechten Weg wählen müssen. Das war die Seite, auf welcher auch der Wald war. Da er jedoch befürchtete, die Männer aus dem Wald könnten doch noch hinter ihm her kommen, entschloss er sich dazu, den Hügel vor sich zu überqueren. Auf der anderen Seite wäre er dann vom Wald aus nicht mehr zu sehen. Von dort aus könnte er denn parallel zum Weg in die richtige Richtung laufen und sich allmählich wieder auf den rechten Pfad begeben.

Er stieg den Hügel hinauf und drehte sich ein letztes Mal um. Immer noch schien ihn niemand zu verfolgen. Die andere Seite des Hügels war jedoch ein Hang, der tief hinunter in ein Tal führte. Er war dicht bewachsen mit Büschen und Sträuchern. Der Abstieg würde sicher anstrengend werden.

Mit dem Gefühl keine Wahl zu haben, begann Rufus den Abstieg. Brombeeren wuchsen hier, und so freute er sich, ein paar von ihnen pflücken zu können. Die meisten waren jedoch noch unreif.

Die meisten Büsche hatten Dornen, und so stieg der ehemalige Knecht achtsam und behutsam den Hang hinab.

Langsam zog sich der Himmel zu.

Auf dem Weg nach unten aß Rufus den Sauerampfer auf.

Plötzlich spürte er einen stechenden Schmerz am Bein. Zuerst vermutete er einen Kontakt mit Dornen, doch dann sah er die Schlange. Schlagartig war er hellwach. Panik stieg in ihm auf und er setzte sich in Bewegung. Er ließ alle Vorsicht fahren und rannte blind den Hang hinab. Dabei zerriss er sich die Hose. Auch der Sack riss auf und entleerte sich unterwegs.

Rufus war fast schon unten in der Graslandschaft angekommen, als er sich besann und anhielt. Er schaute sich sein Bein genauer an. Er sah den Biss. Die Bissstellen waren leicht gerötet. Er begutachtete auch die anderen Schäden und Verluste. Von der Hose war ein Streifen abgerissen und der Beutel war komplett leer.

Mit zusammengebissenen Zähnen schaute er den Hang hinauf. Er würde nochmal ein wenig hinaufsteigen müssen.

Vorsichtig machte Rufus sich wieder auf den Rückweg. Er sammelte den von seiner Hose abgerissenen Stoffstreifen ein, fand den Wasserschlauch wieder und die Hälfte der Wurzeln. Erschrocken stellte er fest, dass auch die Brosche von Alfrun bei den Wurzeln lag. Er nahm sie, drückte sie kurz an sich und verstaute sie dann in der Hosentasche.

Weiter hoch wollte er nicht gehen. Die Männer aus dem Wald steckten ihm ebenso noch in den Knochen wie die Schlange. Und sicherlich gab es hier noch weitere Schlangen und andere Tiere, die sich von ihm gestört fühlten und dies auch zum Ausdruck bringen konnten.

Der Schlangenbiss brannte jetzt, und so humpelte er den Hang wieder herunter. Unten angekommen setzte er sich ins Gras. Er befeuchtete den von seiner Hose abgerissenen Stoffstreifen mit Wasser aus dem Wasserschlauch und versuchte, damit die Wunden zu reinigen. Der Stoffstreifen war lang genug, um ihn anschließend auf Höhe des Bisses um das Bein zu binden. Dann aß er zwei Wurzeln und trank in kleinen Schlücken die Hälfte des Wasserschlauches aus.

Wasserschlauch und Wurzeln verstaute er anschließend wieder in den gerissenen Sack, den er auch mit einer Hand noch so tragen konnte, dass dessen Inhalt nicht gleich wieder heraus fiel.

Der Himmel zog sich zu.

Um wieder in die richtige Richtung zu gehen, würde Rufus nun erstmal einen weiten Bogen machen müssen, um den mit Sträuchern bewehrten Abhang zu umgehen, der zu seiner Rechten noch weiter ins Grasland hinein ragte.

Seufzend richtete er sich auf. Ein wenig Schwindel befiel ihn hierbei. Er schüttelte den Kopf, um wieder zu klarem Verstand zu kommen. Ein Blick nach unten zeigte ihm, dass der Schlangenbiss leicht geschwollen war. Es schmerzte beim Auftreten. Aber er biss die Zähne zusammen und machte sich auf den Weg.

Nach einer Weile begann es zu regnen. Erst fühlte Rufus sich noch im Glück, denn ihm war heiß, und er hieß die Abkühlung willkommen. Doch auf Dauer würde er sicher ins Frösteln geraten, und er sah weit und breit keinen Unterschlupf.

In der Entfernung sah er zwei Reiter auf sich zu kommen. Er lächelte. Er wusste nicht, warum, aber er fühlte sich einfach gut. Er hatte das Gefühl, auf Wolken zu laufen. So ging er den Reitern frohen Mutes entgegen.

Als die Reiter nahe genug an ihn heran gekommen waren, wurden sie langsamer. Die Reiter zogen Speere. Mit ein paar Schritten Abstand blieben sie vor ihm stehen. Sie trugen Kettenhemden und Vollhelme. Dem rechten Reiter schaute ein Bart aus dem Helm. Das Wappen von

Magan zierte ihren Wappenrock, und so fühlte Rufus sich sicher. Er blieb vor ihnen stehen und lächelte sie an.

„Wer bist Du und was machst Du hier?", fragte der linke Reiter in einem unfreundlichen Ton.

„Ich bin Rufus", stellte Rufus sich vor. „Ich komme aus Moortal. Ich möchte nach Odal."

„Binde uns keinen Bären auf, Junge", fuhr der Reiter ihn ungehalten an. „Wenn Du uns nicht augenblicklich sagst, wer Du bist und was Du hier tust, nehmen wir Dich gefangen!"

Rufus musste lachen. „Es ist wahr, was ich sage", rief er mit einer offenen Geste. „Ich bin", fuhr er fort und stockte, bevor er weitersprach. „Ich war dort der Stallknecht des Königs."

„Der Sack", raunte der linke Reiter dem rechten Reiter zu.

Dieser stieg umständlich ab und näherte sich vorsichtig Rufus. Mit einem Sicherheitsabstand streckte er den Arm in einer fordernden Geste aus. Rufus gab ihm seinen Sack.

Der Soldat saß wieder auf und schaute in den Sack hinein. „Wasserschlauch und Wurzeln", berichtete er und warf Rufus den Sack vor die Füße. Der hob ihn wieder auf. Als er sich wieder aufrichtete, wurde ihm ganz anders. Er schwankte leicht.

Der Regen verstärkte sich.

„Wer bist Du und wo kommst Du her?", fragte der Reiter ein weiteres Mal.

Rufus versuchte mit einer Geste zu zeigen, dass er bereits alles gesagt hatte.

„Fesseln", raunte der linke Reiter dem rechten zu. Der schaute fragend zurück. Der linke bestärkte seine Aufforderung stumm mit einer Kopfbewegung. Der rechte Reiter seufzte und saß wieder ab. Er nahm ein kurzes Seil aus einer Satteltasche, ging auf Rufus zu und hielt diesem in einiger Entfernung die überkreuzten Hände hin, um ihm zu bedeuten, es ihm gleich zu tun. Rufus streckte bereitwillig die überkreuzten Hände nach vorne und ließ sich fesseln. Dann saß der Reiter wieder auf.

„Mitkommen", befahl der linke Reiter barsch und deutete die Richtung, aus welcher die Reiter gekommen waren. „Du gehst vor!"

Rufus lächelte und nickte. In die Richtung hatte er sowieso gehen wollen. Und vielleicht brachte man ihn an einen trockenen Ort, wo er alles in Ruhe erklären konnte.

Unterwegs fragte der Reiter mit dem Bart den anderen Reiter leise: „Odal?"

Der schnaubte verächtlich. „Kindergeschichten", raunte er zurück.

Von weitem sah Rufus schon das Lager, auf das sie sich zu bewegten. Größere und kleinere Zelte waren aufgebaut worden, Karren und Wagen standen herum. Hier und dort lief ein Soldat durch den Regen von einem Zelt ins nächste.

In der Mitte des Lagers brannte ein Feuer. Es war von einem halb offenen Zelt überdacht und vom Wind geschützt durch Karren, die um das Zelt positioniert worden waren.

In unmittelbarer Nähe des Feuers stand das größte der Zelte. Davor kennzeichnete eine Standarte mit der Flagge von Magan das Zelt als Sitz des Oberhauptmannes, welcher die Befehlsgewalt über die gesamte Truppe hatte. Dort wurde Rufus von den Reitern hin dirigiert.

Der bärtige Reiter, der Rufus gefesselt hatte, stieg als erstes ab und behielt Rufus im Auge. Der andere Reiter stieg ab und band die Pferde an. Dann ging er zum Zelt des Oberhauptmanns, spähte hinein und wechselte leise ein paar Worte. Dann winkte er. Der Reiter mit dem Bart führte Rufus zum Zeit und gemeinsam gingen sie hinein.

Im von Fackeln erhellten Zelt stand ein Tisch, dahinter saß auf einem Stuhl der Oberhauptmann. Rufus hörte, wie er vom bärtigen Reiter mit „Oberhauptmann Trauthelm" begrüßt wurde. Trauthelm war ein breiter, gewichtiger Mann mit dünnem schwarzen Haar und roten Wangen. Seine Augen wirkten wie Schießscharten, als ob sie alles aus einem sicheren Verschlag heraus beobachten wollten. Hinter ihm waren Ständer mit seiner Rüstung und einem Schwert aufgestellt, eine Truhe stand in der hinteren Ecke.

In der rechten Ecke am Eingang stand offenbar ebenfalls ein Oberhauptmann, denn er trug eine solche Rüstung am Körper, wie sie hinter Trautmann hing. Auch ein Schwert zierte seine Seite. Er wirkte älter, sein Haar war bereits ergraut, jedoch machte er den Eindruck eines muskulösen und drahtigen Kämpfers, der äußerste Wachsamkeit an den Tag legte, aber auch eine Ruhe ausstrahlte, als hätte er dem Tod bereits so oft in die Augen geschaut, dass er keine Angst mehr vor ihm hatte.

„Hauptmann Thorwin, Hauptmann Randolf“, begrüßte Trauthelm die Reiter und deutete auf Rufus. „Was bringt ihr mir da?“

„Einen Gefangenen, Oberhauptmann“, antwortete Thorwin; der Reiter ohne Bart. „Wir fanden ihn in der Wildnis umher streunend. Er bewegte sich auf das Lager zu. Vielleicht hat auch er … mit dem Verschwinden zu tun?“

Oberhauptmann Trauthelm wandte sich an Rufus. „Was machst Du hier?“, fragte er unverblümt.

Der ehemalige Knecht richtete sich auf. „Ich bin Rufus“, antwortete er, „aus Moortal. Ich bin auf dem Weg nach Odal.“

Trautmann verzog keine Miene. „Und was willst Du da?“, fragte er.

Rufus zögerte.

„Ich will dort Zauberer werden“, sagte er schließlich und lächelte.

Die vier Männer um ihn herum lachten ein trockenes Lachen.

„Was sehen die Regeln vor", fragte Trautmann heiter in die Runde, „was wir mit Zauberern machen?"

Unsicher lächelnd folgte Rufus Trautmanns Blick zum anderen Oberhauptmann schräg hinter sich und sah gerade noch, wie dieser mit einem Finger über den Hals fuhr. Dieser bemerkte aus den Augenwinkeln, dass Rufus ihn anblickte, was ihm ein leichtes Lächeln hervorlockte, das er unterdrückte. Er richtete seinen festen Blick auf Trautmann.

Rufus folgte seinem Blick zurück zu Trautmann, der amüsiert lächelte. Dann verlor er das Gleichgewicht. Er kippte nach hinten gegen Randolf, dem bärtigen Reiter. Dieser machte keine Anstalten, ihn aufzufangen sondern ließ ihn zu Boden stürzen.

„Es scheint, er hat sich verletzt", hörte er den in der Ecke stehenden Oberhauptmann sagen. Es war ein sachlicher Tonfall.

„Bringt ihn erstmal in unser ‚Gefängnis'", sprach Trautmann. Es klang so, als ob das Gefängnis diese Bezeichnung nicht verdiente. Sein Tonfall war ebenfalls mitleidslos. „Vielleicht hat sich das ja bis Morgen früh bereits erledigt."

Rufus spürte, wie man ihn bewegte.

Nun schien sich Trautmann an jemanden anders zu richten. „Fenrir, wie geht nun die Suche nach dem Sohn des Generals voran?"

„Wir haben noch keine Spur", hörte Rufus noch den Oberhauptmann sagen, doch seine Stimme entfernte sich.

Rufus verlor das Bewusstsein.

Kapitel 7: Warum bist Du hier?

Rufus erwachte. Er spürte, wie er zitterte. Er wusste im ersten Augenblick nicht, ob vor Kälte oder vor Hitze. Innerlich schien er zu kochen, äußerlich spürte er die nasse und kalte Kleidung auf seiner Haut.

Er konnte sich kaum rühren. Nach ein paar Augenblicken der Orientierung stellte er fest, dass er an Hand- und Fußgelenken gefesselt worden war, die Hände auf dem Rücken. Arme und Beine waren taub.

Er stöhnte und probierte verschiedene Bewegungen aus, um wieder Blut in seine Gliedmaßen zu bekommen.

„Ah, wird er doch wieder wach", amüsierte sich eine körperlose Stimme.

Rufus öffnete die Augen. Ihm wurde schwindelig, und er schloss die Augen wieder. Das machte es aber nicht wieder besser, also öffnete er die Augen und behielt sie offen, so gut es ging.

Eine Zeltwand war vor ihm. Er drehte und wand sich eine Weile, bis er sich auf die andere Seite umgedreht hatte und langsam seine Orientierung zurückgewann.

Das Zelt war leer, abgesehen von ihm selbst und einer weiteren Person.

Der andere war ein dunkelhäutiger Mann in seinem Alter. Seine Augen und Zähne strahlten geradezu unter schwarzen Locken aus seinem Gesicht heraus. Er trug hellgraue Kleidung in guter Verfassung mit weißen Mustern drauf. Er war ebenfalls gefesselt.

„Dachte schon, ich muss Dir beim Verfaulen zuschauen", sagte er, immer noch grinsend.

Rufus versuchte, seinen Schlangenbiss ins Auge zu fassen, was sich als gar nicht so leicht erwies. Der Stoffstreifen hatte sich gelöst, die Wunde lag frei und war geschwollen.

„Sieht gut aus. Das verheilt wieder", sagte der Fremde zuversichtlich.

Rufus blickte ihn zweifeln an. Für ihn sah das ganz anders aus.

„Ich kenn mich aus", sagte der Fremde im beruhigenden Tonfall. Er grinste noch immer, als fände er alles sehr lustig. „Mein Name ist Melchior", stellte er sich schließlich vor und fügte mit Stolz in der Stimme hinzu: „Das heißt König des Lichts."

„Ich bin Rufus", sagte Rufus. „Das heißt Rufus", fügte er trocken hinzu.

„Rufus, der Rote", rief Melchior aus, als wäre das ein Grund zur Freude. „Der Rote - das ist die Bedeutung deines Namens!"

Rufus zuckte mit den Schultern so gut es ging. Die Bedeutung seines Namens hatte ihn bisher wenig interessiert, und auch in diesem Augenblick schien ihm dieses Wissen keine große Hilfe zu sein.

„Unsere Namen sagen immer etwas über uns aus", behauptete Melchior. „Wir richten uns nach ihrer Bedeutung, ob bewusst oder nicht. Sie sind wie Geschichten."

Rufus rollte mit den Augen. „Ich bin also rot", murmelte er in sich hinein. „Was für eine Geschichte!"

„Warum bist Du hier?", fragte er Melchior.

„Sie sagen, ich hätte den Sohn des Generals getötet", antwortete dieser unbeschwert und mit einem Schulterzucken. „Aber das stimmt natürlich nicht."

Beim letzten Satz verstärkte sich sein Grinsen.

Rufus versuchte, unauffällig etwas Abstand zwischen ihn und seinen Mitgefangenen zu bekommen.

„Du glaubst mir nicht", rief Melchior mit einem noch breiteren Grinsen.

Rufus schüttelte verlegen den Kopf. Er fühlte sich in der Gesellschaft eines Verrückten.

„Warum bist Du hier?", fragte Melchior zurück.

„Ich weiß es auch nicht. Ich hab noch gehört, wie man vermutet hat, dass ich mit dem Verschwinden von jemandem zu tun haben sollte", überlegte er.

Melchior lachte.

„Aber Du bist unschuldig", entgegnete er in einem Tonfall, der wie ein Scherz klang.

Rufus öffnete den Mund, um zu antworten. Dann blickte er in das grinsende Gesicht Melchiors und sparte sich eine Antwort.

„Sie werden uns hängen, Rufus", raunte Melchior ihm zu. „Hast Du Angst?"

Rufus überlegte. „Im Augenblick habe ich ganz andere Sorgen", antwortete er. „Vielleicht bin ich ja schon tot, wenn sie mich hängen."

Tatsächlich verspürte er keine Angst, was ihn verwunderte. Er mochte den Gedanken an den Tod eigentlich überhaupt nicht. Er vermutete, der Gleichmut war eine Wirkung des Giftes, was die Schlange ihm verpasst haben musste.

Er spürte, wie die Hitze in seinem Körper begann, gegen die Kälte auf seiner Haut zu kämpfen. Er schien geradezu zu dampfen. Vielleicht war das gut, überlegte er. Dann wäre die Kleidung schnell wieder trocken.

„Du wirst überleben", erklärte Melchior mit einem festen, sicheren Tonfall. „Glaub mir. Ich weiß, wovon ich spreche." Dann seufzte er. „Hätten wir nur ein Messer", flüsterte er leise. Es klang, als schwärmte er von einer wundervollen Idee.

Rufus stockte. „Ich hab ein Messer", sagte er.

„Psst", machte Melchior. Zum ersten Mal grinste er nicht. Mit ungläubigem Blick starrte er Rufus an. Dann kroch er so gut es ging nahe an ihn heran.

„Was soll das heißen, Du hast ein Messer?", fragte er leise.

Rufus überlegte. „Na gut, vielleicht haben sie es mir abgenommen. Vielleicht hab ich das auch längst in den Sträuchern verloren. Oder im Wald. Oder wer weiß, wo."

„Schau nach", flüsterte Melchior aufgeregt.

Rufus blickte ihn argwöhnisch an. Er wusste nichts über den Fremden und befand sich in einer äußerst misslichen Lage. Vielleicht war Melchior ein Mörder und würde ihm das Messer abnehmen, um ihn damit zu erstechen.

Melchior blickte fragend zurück.

„Ich komme sowieso nicht dran", murmelte Rufus verdrossen.

„Wo ist es?", fragte Melchior.

Rufus blickte zum Zelteingang. Der Schatten einer Wache flackerte darauf umher.

„An der Seite", flüsterte er schließlich schicksalsergeben. „Unter meiner Hose."

„Leg Dich so hin, dass ich da ran komme", forderte Melchior ihn auf.

Rufus tat wie geheißen. So gefesselt, wie sie beide waren, war es kein leichtes Unterfangen. Eine Weile lang rutschten sie nebeneinander hin und her, abwechselnd auf dem Rücken und auf der Seite, drehten und wanden sich dabei.

Rufus fühlte sich sehr unwohl dabei, von seinem Leidensgenossen abgetastet zu werden. Die Welt drehte sich.

„Mir wird schlecht", flüsterte er.

„Komm nicht auf die Idee, jetzt zu erbrechen", flüsterte Melchior entsetzt zurück und blickte leicht gehetzt zum Zelteingang, ohne dabei aufzuhören, mit den Händen nach dem Messer zu tasten. „Das könnte und alles kaputt machen!"

Dann spürte Rufus das Messer an seinem Körper, als Melchiors Hände es ertasteten.

„Ich hab es", flüsterte dieser aufgeregt und lachte leise.

Rufus schloss die Augen. Er fühlte sich elend, nicht nur wegen der nassen Kleidung oder wegen dem Schlangengift, das gerade durch seinen Körper zirkulierte. Möglicherweise übergab er gerade sein Messer einen möglichen Mörder.

Er fing an zu würgen.

„Dreh Dich herum", zischte Melchior ihm zu und rollte sich von ihm weg. „Dreh Dich auf dein Messer!"

Rufus drehte sich herum und erbrach augenblicklich geräuschvoll.

Melchior schaffte es, sich aufzusetzen.

Der Zelteingang öffnete sich nur einen Moment später. Eine Speerspitze schob sich durch den Spalt, gefolgt vom Kopf eines Wächters, der argwöhnisch die Gefangenen beäugte.

Melchior machte eine Kopfbewegung zu Rufus hin. „Er stirbt", sagte er ernst. „Bitte holt mich hier raus! Oder ihn!"

Der Wächter blickte gleichgültig und mitleidslos zwischen den beiden Gefesselten hin und her. Dann schnaubte er und verschwand wieder nach draußen. Sein Schatten blieb an der Zeltwand erkennbar. Er bewachte weiterhin das Zelt und machte keine Anstalten, etwas anderes zu tun.

Eine Weile lang wagten es die Gefangenen nicht, sich groß zu bewegen.

„Bist Du fertig?", flüsterte Melchior schließlich in einem leicht vorwurfsvollen Tonfall.

Rufus atmete schwer und fühlte sich schwach. Er schaffte ein leichtes Schulterzucken. Schließlich drehte er sich herum.

Das Messer hing mit einem Band befestigt an einer Gürtelschlaufe. Während er sich herum drehte, schlug es ihm gegen eine Hand.

Plötzlich war er hellwach. Er griff zu und erwischte das Messer.

Melchior sah es und hauchte einen leisen Laut der Freude.

Angestrengt arbeitete Rufus in seiner eingeschränkten Bewegungsfreiheit daran, das Messer besser in den Griff zu bekommen. Mehrmals schien es ihm fast wieder aus der Hand zu fallen. Schließlich gelang es ihm, das Messer von der Scheide zu befreien und es fest in der Hand zu halten.

Sie atmeten beide erleichtert auf. Rufus war vor allem dankbar dafür, dass er sein Messer nicht aus der Hand geben musste.

„Bleib genau so", flüsterte Melchior ihm zu, „und halt das Messer gut fest."

Eilig brachte er sich aufrecht hinter Rufus in Position und begann damit, seine Fesseln am Messer abzuschaben. Er brauchte eine ganze Weile und eine Menge Anstrengung, bis er merkte, dass er genug von seinem Seil durchtrennt hatte, um sich ohne das Messer weiter von seinen Fesseln befreien zu können.

Rufus war ganz darauf konzentriert gewesen, das Messer fest im Griff zu behalten. Nun wurde er gerade gewahr, dass Melchior schon eine Weile lang nicht mehr seine Fesseln daran schabte, da spürte er auf einmal eine Hand an seiner.

„Lass los, gib mir dein Messer", hörte er Melchior sagen. Seine Augen weiteten sich. Angst stieg in ihm auf und schnürte ihm die Kehle zu. Melchior war frei. Nun verlangte dieser sein Messer. Sein Griff um das Messer verstärkte sich. Er fing an, sich zu verkrampfen.

„Du kannst Dich nicht allein befreien", sagte Melchior mit sanfter Stimme.

Verzweifelt überdachte Rufus seine Möglichkeiten. Er hatte keine.

Er löste seinen Griff um das Messer. Sein Körper blieb verkrampft. Halb erwartete er den Tod. Oder Melchior würde mit seinem Messer fliehen und ihn hilflos hier zurücklassen.

Nach ein paar Augenblicken spürte er, wie sich seine Fesseln lockerten. Melchior befreite ihn tatsächlich! Er seufzte erleichtert.

Noch immer unsicher drehte er sich schließlich herum, streifte seine Fesseln ab und kam auf die Knie. Melchior kniete vor ihm, das Messer in der Hand, ein siegessicheres Grinsen im Gesicht.

Rufus schluckte.

„Und wie geht es jetzt weiter?", fragte er leise.

Melchior machte eine Geste, dass Rufus abwarten sollte, drehte sich zu der vom Eingang gegenüberliegenden Wand des Zeltes. Er griff eine Falte im Tuch und machte einen kleinen Schnitt hinein. Dann spähte er hindurch. Dann griff er wieder das Tuch und begann, es sehr langsam und vorsichtig von dem Loch aus bis auf den Boden hinab aufzuschneiden. Eine Ewigkeit schien zu vergehen.

Er drehte sich zu Rufus herum, der wieder schlucken musste.

Melchior steckte das Messer in seine Scheide und hielt es Rufus mit dem Griff zu ihm hin. Ein weiteres Mal atmete dieser tief durch. Die Anspannung löste sich in ihm.

„Am besten trennen wir uns, so haben wir bessere Chancen", flüsterte Melchior. „Ich gehe zuerst."

Er grinste Rufus ein letztes Mal zu und verschwand ohne weitere Verzögerung in die Nacht.

Rufus fühlte sich überrumpelt. Aber er hatte sein Messer und war frei. Alles weitere lag wohl nun bei ihm.

Er wartete noch einen Augenblick und stieg vorsichtig und geduckt durch den Schlitz in der Wand.

Es hatte aufgehört zu regnen. Der frische Wind blies ihm ins Gesicht. Er fühlte sich ungewöhnlich klar. Er schlich auf allen Vieren zwischen den Zelten entlang, sich ständig nach allen Seiten vergewissernd, dass niemand ihn sah.

Panik machte sich in ihm breit, als Schritte sich ihm näherten und er ihre Herkunft nicht eindeutig orten konnte. Es waren jedoch ganz klar mehrere Personen. Das einzige Versteck war das Zelt, an dessen Eingang er gerade hockte. Natürlich konnte auch genau dieses Zelt das Ziel der Personen sein. Wenn er wegrennen würde, würden sie ihn jedoch entdecken, und er musste mit einer langen Verfolgungsjagd rechnen, die er in seinem Zustand höchstwahrscheinlich verlieren würde. Er könnte ihnen sogar direkt in die Arme laufen und wäre vielleicht zu schwach, um ihnen wieder zu entkommen. Das Zelt hingegen war unbeleuchtet.

Er nahm seinen Mut zusammen und hastete in das Zelt hinein. Schon hörte er, wie direkt neben ihm Soldaten vorbei marschierten, nur eine Armlänge entfernt. Nur ein Tuch trennte sie voneinander!

Er verharrte in der Dunkelheit und wartete ab, bis er die Schritte nicht mehr hören konnte. Dann blickte er sich um.

In der Dunkelheit konnte er kaum etwas erkennen. Doch direkt neben ihm lag ein Haufen von Kleidung. Rufus erfühlte Stapel von Hosen und Hemden. Er entschloss sich dazu, sich in der Dunkelheit seiner noch nassen Kleidung zu entledigen und die hier vorgefundene Kleidung anzuziehen. Auch festes Schuhwerk lagerte hier, und er fand Schuhe in seiner Größe.

Er nahm sein Messer von der alten Hose ab und band es sich an die neue. Auch Alfruns Brosche nahm er aus der Hosentasche, drückte sie kurz an sich und verstaute sie dann in der Hosentasche seiner neuen Hose.

Großes Geschrei wurde laut. Hatten sie seine Flucht bemerkt? Er hörte, wie mehrere Männer umher liefen. Alle riefen durcheinander. Er horchte. In seiner unmittelbaren Umgebung schienen sich keine Soldaten aufzuhalten.

Rufus wagte einen Blick aus dem Zelt heraus. Er blickte direkt in das Gesicht eines Bären, der gerade an dem Zelt vorbei trotten wollte. Er stolperte sofort zurück in das Zelt. Er zitterte, diesmal vor Angst. Er kroch vom Eingang weg und hoffte darauf, dass der Bär nicht in das Zelt kommen würde.

Er verharrte. Nichts geschah. Schließlich nahm er ein paar tiefe Atemzüge und wagte sich erneut zum Zelteingang. Er blickte noch einmal raus. Es war kein Bär zu sehen.

Rufus nutzte den Augenblick und lief geduckt in die Richtung des nächsten naheliegenden Waldstücks. Er hatte dafür eine gewisse Distanz zu überbrücken. Er sah im Lager Soldaten mit Fackeln umher rennen. Sie schienen sehr beschäftigt zu sein. Möglicherweise hatte der Bär das Lager in Aufruhr gebracht, überlegte Rufus. So ließ er alle Sicherheit fahren und rannte los. Er lief, bis er den Wald erreicht hatte.

Er drehte sich um und überzeugte sich davon, dass niemand ihm gefolgt war. Seine Flucht war geglückt!

Ohne Lichtquelle stolperte er durch den langsam dichter werdenden Wald. Schnell wurde er müde und erschöpft. Als er einen kleinen Hang hinunter rutschte und in einer Kuhle voller trockenem Laub landete, entschied er sich dazu, einfach darin liegen zu bleiben.

Er kauerte sich zusammen und schlief ein.

Kapitel 8: Wer hat Angst vor Bären?

Am nächsten Morgen wachte Rufus hungrig auf. Er fror. Er versuchte sich warm zu reiben. Dabei warf er einen Blick auf seinen Schlangenbiss. Die Schwellung war zurückgegangen. Der Biss bestand jetzt aus zwei schwarzen Punkten. Er war erleichtert.

In einiger Entfernung trottete ein Bär seines Weges und verschwand im Wald. Rufus erschauderte. Eine Weile lang verhielt er sich still und wartete ab.

Nach einer Weile stand er schließlich auf und ging los. Er spürte, dass es ihm besser ging. Ein Lächeln setzte sich in sein Gesicht, während er frohen Mutes die Richtung einschlug, die er für die richtige hielt. Eine Möglichkeit zur Orientierung kannte er nicht.

Bis zum Mittag lief er durch den Wald, fand Klee, Knoblauchsrauke und Löwenzahn zu essen. Auch fand er hier und da eine Linde und bediente sich an ihren Blättern, wie er es schon als Kind gemacht hatte.

Wirklich satt wurde er nicht. Besonders dankbar war er allerdings, als er auf einen kleinen Bach stieß. Das klare, kalte Wasser belebte seine

Sinne. Er trank davon und wusch sich. Dann folgte er dem Bach. Einen Wasserschlauch besaß er nicht mehr.

Der Bach führte ihn aus dem Wald hinaus. Zwischen Hügeln und Wiesen mit hohem Gras bahnte er sich seinen Weg. Stundenlang folgte Rufus dessen Lauf. Die Sonne schien, aber es blieb ein kühler Tag. Ein Weg kreuzte den Bach. Eine einfache Holzbrücke verband die zwei Seiten des Weges miteinander.

Rufus blieb stehen und überlegte, was zu tun sei. Einerseits musste er wieder einen Weg nach Odal finden, und so lange er keine Orientierung hatte, am besten auch Menschen, die ihm die Richtung wiesen. Andererseits hatte er nichts mehr, um Wasser zu transportieren.

Unentschlossen blickte er den Weg entlang. Er kniff die Augen zusammen. In weiter Ferne schien sich etwas zu bewegen. In der Hoffnung, hilfreichen Menschen begegnen zu können, entschloss Rufus sich dazu, hier an der Brücke zu warten. Er setzte sich hin.

Es dauerte eine ganze Weile, bis Rufus erkannte, dass es ein Planwagen war, den er da beobachtete. Er wurde von zwei Pferden gezogen. Es dauerte noch länger, bis der Wagen so nahe kam, dass Rufus die Frau erkennen konnte, die auf dem Wagen saß.

Schließlich hielt der Wagen einige Schritte vor der Brücke. Ernst starrte die Frau ihn an. Sie war ziemlich schwergewichtig und hatte einen immensen Vorbau. Ihre schulterlangen, schwarzen Locken waren von ersten grauen Strähnen durchzogen. Sie trug einfache Kleidung, die jedoch kunstvoll verziert war; ein weißes Hemd und einen langen grünen Rock. Ein grauer Lederumhang lag auf ihren Schultern. Während sie die Zügel in der Hand hielt und ihn konzentriert anstarrte, kaute sie auf einem Strohhalm herum.

Rufus stand auf und fühlte sich ein wenig unwohl. Die Frau schaute Rufus mit wachen, scharfen Augen an, als würde sie etwas in ihm sehen. Vielleicht schaute sie auch durch ihn hindurch.

„Hallo", sagte Rufus schließlich. „Kommst Du aus Odal?"

Langsam verzog sich die Miene der Frau zu einem amüsierten Grinsen. „Ha", rief sie laut.

Im Wagen polterte etwas. Rufus sah, wie etwas hinten heraus zu fallen schien. Tatsächlich jedoch war es ein schwergewichtiger Mann, der hinten aus dem Wagen sprang. Zügig drehte dieser sich zu Rufus um kam mit großen Schritten auf ihn zu.

Er sah aus wie ein Bär. Braune wilde Haare standen auf seinem Kopf in alle Richtungen, ein dicker Schnurrbart nahm einen Großteil seines Gesichtes ein, Schuhe, Hose und Hemd waren von einem braunen Leder.

Er baute sich vor Rufus auf, stemmte die Hände in die Hüften und hob das Kinn. Seine Erscheinung wirkte auf den ersten Blick bedrohlich, aber Rufus hatte nicht das Gefühl, dass eine Gefahr von ihm ausging. Trotz seines Auftretens wirkte der Mann freundlich auf ihn.

„Hallo, ich bin Rufus", stellte Rufus sich höflich vor. „Ich suche den Weg nach Odal. Könnt Ihr mir dabei helfen?"

Der Mann musterte ihn von oben bis unten. Etwas schien nicht in sein Bild zu passen. Er drehte sich zu der Frau auf dem Wagen um.

Die grinste nur und rief amüsiert ein weiteres Mal: „Ha".

Wieder drehte der Mann sich zu Rufus um.

„Du bist ohne Besitz unterwegs?", fragte er mit tiefer Stimme und einem zweifelnden Tonfall. „Du reist ohne Proviant und sogar ohne Wasserschlauch? Du hast keine weitere Kleidung und nur ein Messer gleichermaßen als Ausrüstung und Bewaffnung?"

„Das stimmt", bestätigte Rufus, überrascht über die genaue Beobachtung des Mannes.

„Ha", rief der Mann belustigt und drehte sich wieder zu der Frau auf dem Wagen um, die ihn angrinste und nickte.

„Und so willst Du nach Odal", wandte sich der schwergewichtige Mann wieder an Rufus. Seine Stimme verriet, dass er sich schwer damit tat, dies zu glauben.

Rufus nickte.

„Oh ja, das will er", sagte die Frau und nickte wissend.

Der Mann lachte.

„So schaffst Du den Weg nicht, mein magerer Freund", rief er. „Du bist hoffnungslos verloren."

Er drehte sich um und schien etwas in der Landschaft zu suchen. Schließlich deutete er vage in eine Richtung hinter dem Wagen.

„Siehst Du den großen, knorrigen Baum dort hinten?", fragte er.

Rufus schaute. Er kniff die Augen zusammen. „Nein", antwortete er schließlich.

„Da hinten wirst Du sterben", behauptete der schwere Mann im wissenden Tonfall. „Du wirst verhungern, verdursten und an Kraftlosigkeit verenden. Alles zusammen! Und dann fressen Dich die Käfer."

Rufus stellte die Aussage nicht in Frage. Sein Magen knurrte und er fühlte sich erschöpft.

„Und könnt Ihr mir einen Rat geben, wie ich das vermeiden kann?", fragte er unsicher.

„Ha", rief die Frau und wirkte besonders amüsiert. Sie begann damit, den Planwagen zu wenden.

„Alleine kommst Du nicht weit", antwortete der Mann kopfschüttelnd und blickte einen Augenblick lang nachdenklich auf den Boden. Dann hielt er Rufus die Hand hin.

„Ich bin Bruno", sagte er. „Das ist Ida", fügte er hinzu und deutete auf die Frau auf dem Wagen.

„Ich bin Rufus", sagte Rufus und schüttelte Brunos Hand.

„Steig ein, Zauberer", forderte Bruno ihn auf. „Wir helfen Dir."

Rufus blieb wie erstarrt stehen, während Bruno dem Planwagen hinterher lief und hinten aufsprang. Dann lief auch Rufus los und sprang in den Wagen.

Unter seiner Plane war der Planwagen voll mit Säcken, Kesseln, Kannen, Kisten und Fellen. Dazwischen lagen dicke Bündel abgeernteter Pflanzen. Auch über Rufus' Kopf hingen Bündel von Pflanzen und baumelten mit den Bewegungen des Wagens hin und her. Der Duft der Pflanzen und Kräuter war sehr stark.

Bruno klemmte sich in eine Ecke, die offensichtlich genau für ihn gemacht war. Er schloss die Augen und ließ den Kopf hängen, der nach kürzester Zeit baumelte wie die aufgehängten Pflanzenbündel.

Rufus merkte, dass jetzt nicht die Zeit war, eine Unterhaltung zu führen. So versuchte er, sich einen Platz im Wagen zu suchen. Er musste sich umständlich auf einen Kessel setzen, dessen Deckel eine unbequeme Sitzfläche bot. Pflanzen baumelten gegen seinen Kopf, aber er ließ es über sich ergehen, denn sie lenkten seine Gedanken zu Alfrun.

Einmal hatte Rufus eine Krone aus Blumen und Pflanzen für Alfrun hergestellt und sie damit gekrönt. Eine Weile war sie ganz stolz damit auf der Wiese herum gelaufen. Doch eine unwichtige Meinungsverschiedenheit verleitete sie dazu, die Krone abzunehmen und damit auf Rufus einzuschlagen. Die Krone zerfiel natürlich sehr schnell in ihre Einzelteile.

Rufus' Gedanken verklärten sich. Vor ihm entstand ein Bild, wie sie gemeinsam auf der Wiese saßen, inmitten eines Blumenregens. So ähnlich hatte es sich damals für sie angefühlt. Er fragte sich, was aus der Unbeschwertheit zwischen ihnen geworden war. Dann stellte er erschrocken fest, dass Alfrun immer noch die gleiche Unbeschwertheit wie damals an den Tag legte. Nur er hatte sich verändert!

So unsicher er auch auf dem Kessel saß, irgendwie schlief er ein.

Kapitel 9: Was ist Wirklichkeit?

Rufus wachte wieder auf, als der Planwagen über eine recht unebene Wiese rumpelte, und er wäre dabei fast aus dem Wagen gefallen. Auch Bruno wachte auf, allerdings wenig erschrocken. Er streckte sich ausgiebig und ließ sich damit Zeit, wieder zu sich zu kommen.

Zwischen zwei Waldstücken kam der Planwagen zum Stehen. Es fing bereits an zu dämmern.

„Holz sammeln!", rief Ida streng von vorne in den Wagen hinein und stieg ab.

„Es ist wohl Zeit, ein wenig Holz sammeln zu gehen", erklärte Bruno freundlich und begann umständlich den Wagen zu verlassen.

Auf dem Weg griff er in eine Kiste und holte ein paar Wasserschläuche hervor, die er sich umhing. Als er abgestiegen war, nahm er noch eine große Kanne vom Wagen und ging über die Wiese. Die Kanne sah schwer aus, aber Bruno wirkte, als trüge er sie ohne Mühen.

Rufus folgte ihm.

Ida führte die Pferde über die Wiese, während die beiden Männer damit begannen, Feuerholz zu sammeln. Die Kanne und die Wasserschläuche stellte Bruno am Waldrand ab. Nachdem sie einen Haufen von Ästen und Zweigen auf der Wiese zusammengetragen hatten, ging Bruno mit Rufus tiefer in den Wald hinein und nahm dabei die Kanne und die Wasserschläuche mit. Sie stießen auf einen Bach.

Bruno füllte den ersten Wasserschlauch, den größten, verschloss ihn und hielt ihn ohne aufzusehen nach oben. Rufus nahm ihn entgegen und hängte ihn sich um, um beide Hände frei zu haben. Den zweiten Wasserschlauch wollte er auch entgegennehmen, aber Bruno legte jeden weiteren gefüllten Wasserschlach neben sich. Dann hängte er sich das Bündel von Wasserschläuchen selber um. Schließlich tauchte er die Kanne in den Bach und ließ sie voll laufen.

Gemeinsam schleppten sie die Kanne zurück und stellten sie beim Holz ab.

„Jetzt brauchen wir noch ein paar größere Steine", sagte Bruno und hob einen entsprechenden Stein hoch, um ihn Rufus zu zeigen. Der fing an, Steine zu sammeln und stellte dabei fest, dass jetzt ein großer Kessel auf einem dreibeinigen Gestell beim Holz stand. Vor dem Planwagen drei große Eimer.

Er beobachtete, wie Bruno das Wasser aus der Kanne in die Eimer goss und mit der Kanne wieder im Wald verschwand. Kurz darauf kam er wieder und trug die Kanne alleine vor sich her. Er goss ihren Inhalt diesmal in den Kessel.

Ida hatte die Pferde zu den Eimern geführt und ließ sie daraus trinken. Sie nahm einen Stock aus dem Brennholz und zog damit einen Kreis in die Erde um den Kessel herum. Sie legte den Stock zur Seite. Dann begann sie damit, Holz unter dem Kessel anzuordnen und ineinander zu stecken. Anschließend nahm sie vier der Steine, die Rufus gesammelt hatte, legte sie im gleichen Abstand zum Kessel um den Platz herum, so dass sie ein Viereck bildeten und legte auf jeden der Steine aus Holz geschnitzte Köpfe, die sie aus einem Beutel zog. Die Köpfe blickten vom Kessel weg. Rufus betrachtete die Holzköpfe mit einem Schaudern.

Bruno begann damit, die von Rufus gesammelten Steine auf den Kreis, den Ida in die Erde gezeichnet hatte, zu legen.

Ida stellte sich währenddessen mit dem Rücken zum Kessel zwischen jeweils zwei der vier Steine, die sie aufgestellt und mit Holzköpfen versehen hatte. Plötzlich erhob sie die Arme zum Himmel und gab Laute von sich, die auf Rufus zuerst sehr befremdlich wirkten.

Sie schien zu singen, doch mit einer Stimme, die nicht von dieser Welt schien. Töne erklangen aus ihrer Kehle, wie Rufus sie noch nie gehört hatte. Mit einer Stimme? Ida schien mit mehreren Stimmen gleichzeitig zu singen, ihrer normalen und mindestens einer besonders hohen und feinen Stimme, die Rufus vollkommen fremd erschien. Auch verstand er keine Worte, doch formte die Frau unterschiedliche Laute.

Ida stellte sich zwischen zwei andere Steine und wiederholte die Prozedur, doch schien sie dieses Mal ein anderes Lied zu singen.

„Was macht sie da?", fragte Rufus leise.

„Sie baut einen Schutz auf", erklärte Bruno gleichmütig, ohne von seiner Arbeit aufzuschauen, die Steine anzuordnen. „Sie ruft die Geister."

Rufus schauderte erneut. Vier Male sang Ida mit dem Kessel im Rücken. Dann stellte sie sich an den Kessel und sang noch einmal.

Es dämmerte bereits und Rufus konnte nicht richtig sehen, was Bruno währenddessen am

Kessel machte. Doch auf einmal loderte eine kleine Flamme unter dem Kessel auf.

Ida öffnete Beutel und schüttete Gemüse, Pilze und Kräuter in den Kessel. Dann beendete sie ihren Gesang.

„Ihr seid – echte Zauberer?", fragte Rufus ungläubig.

Ida und Bero lachten.

Ida antwortete nicht. Stattdessen ging sie zum Planwagen und holte dort ein großes Bündel Pflanzen hervor.

„Was ist ein echter Zauberer?", fragte Bruno. „Und was ist ein unechter Zauberer?"

Rufus wusste keine Antwort darauf. Er dachte eine Weile darüber nach.

„Habt Ihr in Odal eure Ausbildung gemacht?", fragte er.

„Ha", rief Ida amüsiert und begann damit, die Pflanzen stückweise ins Feuer zu geben. Sie schaute den Pflanzen beim Verbrennen zu. Auch Bruno sah dabei zu.

„Nein", sagte der schließlich. „Nach Odal fahren wir nur für die Pflanzen und für die Pilze. Die Geister sind die Lehrmeister."

Ein weiteres Mal erschauderte Rufus. Der Rauch des Feuers wurde ihm vom Wind ins Gesicht geweht. Ein süßer Duft stieg ihm in die Nase, der von den Pflanzen kommen musste, die Ida verbrannte.

„Verbrenne nicht gleich die ganze Jahresernte", brummte Bruno. Ida kicherte belustigt.

Das Feuer knisterte. Ida legte noch etwas Holz nach. Für eine Weile schauten alle drei ins Feuer.

„Das Königreich Odal existiert eigentlich gar nicht", behauptete Bruno. „Das solltest Du vielleicht wissen."

Er zuckte mit den Schultern. „Vielleicht aber auch nicht", fügte er gleichmütig hinzu.

„Existiert nicht?", fragte Rufus irritiert nach.

Bruno nickte. „Uns ist das ja nicht wichtig. Ist trotzdem schön dort."

„Wie kann es nicht existieren", fragte Rufus nach, „wenn Ihr doch dort wart?"

„Odal ist nur eine Geschichte", erklärte Bruno, „aber eine recht schlaue."

„Das verstehe ich nicht", entgegnete Rufus verwirrt.

Wieder wehte ihm der Wind süßlichen Rauch ins Gesicht, durch den er Ida dabei beobachtete, wie sie Schalen mit der Suppe aus dem Kessel füllte, von der er dankbar eine entgegen nahm.

„Warum dienen die Menschen einem König?", fragte Bruno. Es klang nicht wie eine Frage, sondern wie eine Erklärung, die Rufus aber nicht als solche verstand.

„Weil er der König ist", erklärte Rufus, als müsse man schon sehr dumm sein, um diese Begründung nicht zu verstehen.

Bruno löffelte seine Suppe schmatzend in sich hinein und lächelte dabei. „Und warum ist der König König?", fragte er. Wieder klang es, als wäre die Antwort offensichtlich.

Rufus überlegte eine Weile. Er stellte fest, dass ihm das Überlegen schwer fiel. Er schob es auf den Hunger und löffelte seine Suppe aus.

„Weil er der Beste ist?", fragte Rufus nachdenklich mehr sich selbst als jemanden anders. „Weil er am besten dazu geeignet ist?"

Ida und Bruno lachten, wie über einen guten Witz.

Ida warf weitere Pflanzen ins Feuer, stand auf, ging um den Kessel herum und nahm Rufus' Schale an sich. Sie brachte dabei eine weitere süße Wolke aus dem Feuer mit sich. Geräuschvoll schöpfte sie mit einer Kelle aus dem Kessel und füllte die Schale wieder nach. Sie drückte Rufus die Schale in die Hand und setzte sich wieder auf ihren Platz. Neugierig schien sie Rufus zu beobachten.

„Es gibt eine Welt hinter der Welt, oder darunter", sagte Bruno geheimnisvoll. „Sie ist nicht wirklich dahinter, und auch nicht darunter. Sie ist tatsächlich überall. Sie ist die wahre Welt, aber die wenigsten Menschen wissen das. Sie ist eigentlich viel mächtiger, doch die wenigsten glauben das. In der einen Welt ist der König ein König und Du bist ein Knecht. In der anderen Welt aber unterscheidet Dich und den König nichts voneinander und Du bist genau so mächtig wie er."

Rufus bezweifelte die Worte des kräftigen Mannes und zeigte dies deutlich.

„Ich soll einem König gleich sein?", fragte er halb lachend.

Bruno schaute wohlwollend zurück. „Was unterscheidet Euch?", fragte er herausfordernd.

„Er ist der König!", rief Rufus das für ihn Offensichtliche hinaus.

„In der einen Welt, ja", bestätigte Bruno nickend. „Und wenn Du jetzt ein leer stehendes Königreich vorfindest, mit einer Schatzkammer voller Gold und einer Armee, die auf deine Befehle wartet und Dich König nennt, zu was macht Dich das dann?"

Rufus wollte antworten, doch die Antwort blieb ihm im Halse stecken. Überlegungen überschlugen sich.

„Naja", begann er, „eigentlich zu einem König. Irgendwie. Vielleicht."

Ida und Bruno grinsten ihn breit an.

„Aber irgendwie ist das ja", überlegte er weiter, „nicht wirklich. Denn niemand hat mich zum König gemacht."

„Die ganze Armee", widersprach Bruno.

Rufus wog den Kopf hin und her. „Aber das ist ja nicht richtig", entgegnete er. „In Wirklichkeit bin ich ja immer noch ich."

„Ha", rief Ida.

„Wirklichkeit", wiederholte Bruno bedeutungsvoll. „Die andere Welt."

Eine Weile versanken alle drei in Schweigen. Ida zog hinter sich eine Trommel hervor. Rufus bemerkte ein Symbol auf ihrem gespannten Fell, das einem Hirschkopf mit Geweih ähnelte. Ida begann, leise und zart in einem relativ schnellen und gleichbleibenden Rhythmus zu trommeln.

„Und dann kommt ein Fremder", sagte Bruno gelassen, „und behauptet, er wäre der wahre König. Und er sagt, in Magan lebten nur Diebe und Mörder. Man müsse das kleine Königreich vom Erdboden tilgen."

„Aber das stimmt nicht", rief Rufus und wunderte sich selbst über seine emotionale Reaktion auf diese ausgedachte Geschichte.

Bruno zuckte gleichmütig mit den Schultern. „Wem soll die Armee glauben? Wem soll sie gehorchen?", fragte er und blickte Rufus aus den Augenwinkeln an.

Rufus wusste keine Antwort, aber die ausgedachte Situation regte ihn auf. Eifrig überlegte er.

Sein Magen knurrte, wenn auch nicht vor Hunger. Er fasste sich an den Bauch. Er schaute nach, ob er sich wirklich an den Bauch fasste, denn er war sich irgendwie nicht sicher.

„Auf dem Thron liegt die Krone des Königs", sagte Bruno. Sein Tonfall hatte auf einmal etwas Bedrohliches. In den schwächer werdenden Flammen hatte Rufus den Eindruck, dass das Gesicht des schweren Mannes mit Mustern überzogen wäre. Er schaute zu Ida hinüber, in deren Gesicht Licht und Schatten einen wilden Tanz aufführten. Fast schon einen Kampf.

Das Trommeln wurde lauter.

„Wer immer die Krone nimmt und sich auf den Kopf setzt, dem wird die Armee gehorchen", erklärte Bruno. Seine Stimme dröhnte durch die Nacht. „Was machst Du?", fragte er. Die Frage hallte von allen Richtungen zurück.

Er drehte sich zu Rufus hin. „In welche Welt willst Du Dich begeben?", fragte er.

Rufus machte große Augen und hielt die Luft an. Direkt vor ihm lag eine Krone. Sie leuchtete unnatürlich hell. Er brauchte sie bloß greifen.

Ungläubig schaute er Bruno an. Ihm fiel der Unterkiefer runter. Bruno wuchsen dunkelbraune Haare aus allen Poren. „In welche Welt willst Du Dich begeben?", fragte er nochmal. Sein Tonfall hatte was wildes, animalisches. Vor Rufus' Augen verwandelte er sich langsam in einen Bären.

Die Trommeln wurden lauter und begannen, seinen Verstand zu zerrütten.

Hinter ihm knackte es, und ein heißes Schnauben bließ ihm in den Nacken.

Rufus sprang auf und rannte in Panik davon. Es war dunkel und er wusste nicht, wohin er rannte. Die Trommeln trommelten weiter auf ihn ein, als gäbe es kein Entkommen.

Erst rannte er einfach nur, dann wunderte er sich darüber, wie mühelos er rennen konnte. Er musste nicht einmal schneller atmen. Dann merkte er, dass er rannte, obwohl er gar keine

Angst mehr hatte. Er wurde langsamer und blieb schließlich stehen. Er lauschte. Die Trommeln waren verklungen.

„Ein Pferd", rief er plötzlich lachend in die Nacht. „Es war ein Pferd!"

Eines der Pferde musste sich ihm von hinten genähert haben. Und Brunos Geschichte hatte seine Fantasie so sehr beflügelt, dass er schon Dinge sah, die nicht wirklich waren.

Er drehte sich erleichtert um.

Im nächsten Moment blickte er hilflos umher. Er sah das Feuer nicht mehr und konnte nicht genau bestimmen, aus welcher Richtung er gekommen war.

Eilig ging er in die Richtung, in welcher er Ida und Bruno vermutete. Dann sah er rechts von sich ein Feuer in der Ferne und änderte seine Richtung. Dann sah er links von sich auch ein weiter entferntes Feuer. Er hielt an und versuchte sich zu orientieren. Die Feuer schienen mit einem Mal in der ganzen Umgebung an und aus zu gehen.

Rufus wurde wieder unsicher. Keines der Feuer schien wirklich zu sein. Er hatte keine

Möglichkeit, zurückzufinden. Seine Beine wurden schwer.

Er rief nach Ida und Bruno, doch es kam keine Antwort.

Die Geräusche der Nacht drangen an sein Ohr. Sie waren ständig da gewesen, doch nun nahm er sie wahr. Er fühlte sich schutzlos ausgeliefert. Er setzte sich wieder in Bewegung, fing an zu stolpern während er mal in die eine, mal in die andere Richtung lief.

Er hatte kein Zeitgefühl mehr. Angst und Verzweiflung machte sich in ihm breit.

Die Landschaft füllte sich mit dichten Nebeln.

„Alfrun?", rief er ungläubig aus.

In der Finsternis sah er sie zwischen den Bäumen umher laufen wie eine Lichtgestalt.

Er war sich fast sicher, dass ihm sein Verstand einen Streich spielte, und doch war die Hoffnung größer.

„Alfrun!", rief er ihr hinterher.

Er fing an zu laufen, dann zu rennen.

Immer wieder sah er sie und folgte ihr, so gut er konnte. Doch er holte sie nicht ein. Er rief immer wieder ihren Namen, doch sie schien ihn nicht zu hören. Tränen liefen ihm über das Gesicht. Er stürzte mehrmals, doch rappelte sich immer wieder auf.

Schließlich stoppte er. Vor ihm ging es tief hinab. Ein weites Tal eröffnete sich vor ihm. Einen Augenblick lang nahm er die Landschaft in Augenschein. Das Tal war von Nebeln erfüllt, durch die man Bäume und Hügel nur erahnen konnte. Wege waren keine zu sehen.

Auf der weit entfernten anderen Seite des Tals ragte ein Berg in die Höhe. Ein hell erleuchtetes Schloss stand auf diesem Berg. Dies musste Odal sein.

Er stellte fest, dass er mitten in einem Tor stand, einem Bogen, natürlich gewachsen aus dornigen Pflanzen. Still lud dieses Tor ihn dazu ein, hindurch zu schreiten in das tiefe Tal, um nach Odal zu gelangen, das auf der anderen Seite auf ihn wartete. Es würde vermutlich Tage dauern, das Tal zu durchqueren.

Er blickte noch einmal über das Tal hinweg. Das Schloss war nicht mehr zu sehen.

„Alfrun", schluchzte er und versuchte sich die Tränen wegzuwischen, die jedoch von ständig nachfolgenden Tränen wieder ersetzt wurden.

„Alfrun, ich nehme die Krone", flüsterte er verzweifelt in die Finsternis. „Ich nehme sie für uns!"

Er fühlte sich verlassen und verloren. Er fühlte sich endlos klein in einer riesig großen Welt, die sich nicht um ihn scherte. Er fühlte sich kraftlos und machtlos. Doch er entschloss sich dazu, voran zu schreiten. Er konnte nicht aufhören zu weinen, doch er stieg hinab in das finstere Tal.

Kapitel 10: Was ist Traum?

Die Morgendämmerung brach herein. Die ersten Sonnenstrahlen durchstießen die Nebel, und die ersten Vögel sangen sich wach. Die Luft war klar und frisch.

Im Tal war es noch klamm. Disteln, Kletten und Rankenpflanzen beherrschten den Boden, große Kiefern stellten sich drohend dem Sonnenlicht in den Weg. Es roch nach Moos und totem Holz.

Rufus marschierte. Er war die ganze Nacht gelaufen. Er hatte es nun eilig. Nicht nur wollte er jetzt schnell nach Odal kommen, weil er auch schnell wieder nach Moortal zurückkehren wollte – er fühlte sich auch verfolgt. Ständig knackte es irgendwo hinter ihm. Mehrmals wechselte er die Richtung, und doch blieb ihm irgendetwas auf der Spur.

Bisher hatte er keine Pause gebraucht. Weder Hunger noch Müdigkeit in den Beinen hatten sich bemerkbar gemacht. Er war jedoch dankbar für den großen Wasserschlauch, den er von Ida und Bruno erhalten hatte. Glücklicherweise hatte er diesen auf seiner kopflosen Flucht durch die Nacht nicht verloren.

Gegen Mittag jedoch wurden seine Beine schwach. Mitten im hohen Gras fiel er auf die Knie. Die Sonne schien auf ihn hinab. Sie schmerzte ihn geradezu. Er bekam Kopfschmerzen, sein Gesicht glühte. Nun fingen auch seine Gelenke an, gegen die Überforderung zu protestieren. Plötzlich tat ihm alles weh. Mühsam nahm er einen Schluck aus dem Wasserschlauch und sah sich um.

Nicht weit von ihm sah er einen Steilhang. An seinem Fuß entdeckte Rufus eine von Rankenpflanzen umwucherte Höhle, die ihm ein wenig Kühle und Schutz versprach. Sie weckte sein Interesse. Er nahm noch einen Schluck Wasser zu sich. Er spürte, wie die Flüssigkeit seine Kehle hinunterlief und in ihn hineinströmte.

Erschöpfung und Erfrischung kämpften gegeneinander an. Rufus hielt noch einmal Ausschau nach Verfolgern, dann nahm er seine verbleibende Kraft zusammen und machte sich auf den Weg zur Höhle. Sein Magen grummelte schmerzhaft, als er das Wasser entgegennahm.

Der Höhleneingang war groß genug, dass Rufus sich kaum bücken musste, um hindurch zu gelangen. Die Wände waren aus grauem Stein. Ein kurzer Tunnel führte ihn in einer sanften

Neigung abwärts tiefer, bis er einen großen Hohlraum betrat.

Erstaulicherweise war es hier recht hell, die Wände schienen geisterhaft in einem schwachen Blau zu leuchten. Das Lichtspiel erinnerte Rufus daran, einmal als Kind in den Moortaler See gefallen zu sein. Er hatte das Gefühl, sich hier in der Höhle unter Wasser aufzuhalten. Flecken aus diffusem Licht wanderten über den Boden und die Wände entlang, verformten sich, vereinten sich und trennten sich wieder. Das taten sie in ihrer ganz eigenen Zeit. Lichtpünktchen schienen in dünnen Bahnen von den Wänden zu fließen; wie Wassertropfen, nur viel langsamer.

An der gegenüberliegenden Seite der natürlichen Kammer ging ebenfalls ein Tunnel weiter. Er war jedoch nicht erleuchtet, und ein Ende war nicht abzusehen.

Ein Holzstamm lag hier in der Höhle, und Rufus setzte sich erschöpft darauf. Er nahm nochmal einen großen Schluck aus seinem Wasserschlauch und ruhte sich aus. Wieder grummelte sein Magen.

Er saß so, dass links und rechts von ihm die Durchgänge waren. Vor sich an der Wand lehnte ein weiterer, besonders dicker Baumstamm. Er war alt und wies Löcher auf; Stellen, an denen er bereits zersetzt war. An ihm wuchs ein Baumpilz, so groß wie ein menschlicher Kopf, nur flacher. Er schien aus verschiedenen Schichten zu bestehen, und jede Schicht hatte ihre eigene Farbe: die untere war weiß, die darüber war grün, die nächste war hellblau und die oberste hatte einen dunkelgelben Ton.

Rufus' Magen grummelte, und er fragte sich, ob der Pilz essbar wäre. Er zog sein Messer heraus, löste es von seiner Hose, zog es aus seiner Scheide und näherte sich trotz seiner schmerzenden Gelenke dem Pilz.

„Unterstehe Dich!", sagte der Pilz in einem warnenden Tonfall.

Rufus hatte es nicht nur ganz deutlich gehört, er hatte auch gesehen, wie der Pilz einen Mund zwischen der hellblauen und der grünen Schicht offenbart hatte, mit dem er die Laute geformt hatte.

„Was?", fragte Rufus vollkommen fassungslos.

„Verletze mich nicht", mahnte der Pilz. „Du würdest es bereuen. Ich habe magische Kräfte!"

„Unglaublich", flüsterte Rufus und sank vor dem Pilz auf seine Knie.

„Ich bin außerdem ungenießbar", ergänzte der Pilz.

Rufus musste sich sammeln. Er fragte sich, wie er auf den Pilz reagiert hätte, wenn er nicht vollkommen erschöpft und verwirrt gewesen wäre.

„Bitte verzeih'", entschuldigte er sich bei dem Pilz, steckte sein Messer wieder weg und band es sich wieder an die Hose.

„Ist ja zum Glück nichts Schlimmeres passiert", entgegnete der Pilz und klang erleichtert.

„Kennst Du", fing Rufus an und stockte. Er überlegte. Wie wahrscheinlich war es, dass der Pilz Dinge und Orte kannte, die außerhalb dieser Höhle lagen? Es würde keinen großen Sinn machen, sich weiter mit ihm zu unterhalten.

„Ida und Bruno?", fragte der Pilz. „Ja, natürlich. Sehr nette Menschen. Sie kommen gelegentlich vorbei und -"

„Du kennst Ida und Bruno?", unterbrach ihn Rufus erstaunt mit großen Augen.

„Oh", sagte der Pilz verlegen. „Oh. Wolltest Du das gar nicht fragen? Oh. Ich rede schon wieder zu viel!"

„Ich wollte Dich eigentlich fragen, ob Du das Königreich Odal kennst", sagte Rufus.

„Oh, Odal", rief der Pilz und schien froh zu sein, das Thema zu wechseln. „Na klar kenne ich Odal. Jeder kennt doch das Königreich Odal. Ich selbst komme aus Odal. Es ist ein magischer Ort!"

„Wirklich?", fragte Rufus hoffnungsvoll. „Kannst Du mir sagen, ob ich noch auf dem richtigen Weg bin? Kannst Du mir sagen, wie ich dorthin gelange?"

Eine Weile lang schwieg der Pilz.

„Mh, ja", antwortete er schließlich.

„Ja?", wiederholte Rufus erfreut. „Ich bin auf dem richtigen Weg?"

„Das habe ich nicht gemeint", widersprach der Pilz. „Ich meinte: Ja, ich kann Dir sagen, ob Du auf dem richtigen Weg bist."

Rufus wartete einen Augenblick, doch der Pilz sprach nicht weiter.

„Und?", fragte er vorsichtig.

„Und was?", fragte der Pilz. Er klang ein wenig genervt.

„Bin ich auf dem richtigen Weg nach Odal?", fragte Rufus erneut.

„Oh", sagte der Pilz. „Ja, nun. Ich sage Dir was. Freunde helfen sich untereinander. Du hilfst mir, ich helfe Dir. Eine Hand wäscht die andere."

Rufus blickte den Baumpilz erwartungsvoll an.

„Im übertragenen Sinn, meine ich", fügte der Pilz hinzu.

Rufus räusperte sich.

„Also", sagte der Pilz schließlich. „Ich brauche regelmäßig Wasser. Und es darf nicht irgendein Wasser sein. Ich brauche das Wasser aus dem See der Nymphen. Mmh, köstliches Wasser aus dem See der Nymphen!"

Der Pilz schien ins Schwärmen zu geraten.

Rufus wartete, doch der Pilz blieb in Schweigen versunken. Es sah aus, als lächelte er.

„Wo finde ich den See der Nymphen?", fragte er schließlich.

„Oh", sagte der Pilz, als wäre er aus seinen Gedanken aufgeschreckt worden. „Du gehst aus der Höhle raus und folgst der Sonne. Du hältst Dich am Hang und gehst die Richtung weiter. Dann weicht der Hang zurück, aber Du läufst in der selben Richtung weiter, direkt auf einen Wald zu. Darin befindet sich der See der Nymphen. Du kannst ihn praktisch gar nicht verfehlen. Du hast einen schön großen Wasserbeutel bei Dir. Es wird wahrscheinlich ausreichen, ihn ein einziges Mal zu füllen, um mich für eine lange Zeit zu versorgen."

„Gut", erwiderte Rufus. „Ich muss mich nur eben einen Augenblick ausruhen. Dann mache ich mich auf den Weg."

„Ich verstehe", sagte der Baumpilz. Es klang beleidigt. „Nun, ich bin nicht derjenige, der unbedingt wissen wollte, wie der Weg nach Odal ist."

Rufus seufzte.

„In Ordnung", erwiderte er. „Ich werden mich sofort auf den Weg machen."

„Nur keine Umstände", entgegnete der Baumpilz schnippisch.

Rufus beeilte sich, aus der Höhle heraus zu kommen und dem Weg zu folgen, welcher ihm vom Baumpilz beschrieben worden war.

Er fühlte sich schon ein bisschen besser und marschierte zielstrebig den Hang entlang. Schon nach kurzer Zeit sah er den Wald. Wie beschrieben wich der Hang und Rufus marschierte über eine große Wiese. Die Sonne machte ihm zu schaffen, aber sein Ziel vor Augen gönnte er sich keine Ruhe.

Schließlich gelangte Rufus in den Wald. Im Schatten der Bäume blieb er erleichtert stehen und atmete auf. Die Luft war frisch und kühl. Er hatte das Gefühl, hier wieder ein wenig zu Verstand zu kommen. Sein Kopf glühte noch immer.

Ein Kaninchen saß zwischen den Bäumen in einiger Entfernung und knabberte an einer Pflanze. Rufus lächelte bei dem Anblick. Er zuckte jedoch zusammen, als sich im Laub direkt neben dem Kaninchen etwas schlagartig bewegte. Das Kaninchen lief davon, wurde aber augenblicklich langsamer und fiel schließlich ins Gras. Rufus schauderte. Sein Schlangenbiss schien zu pochen. Eilig aber sehr achtsam setzte er seinen Weg in den Wald hinein fort.

Schnell fand er den See. Er war rundherum von Bäumen umgeben, die ihre Wurzeln in den See hineintauchten. Rufus nahm seinen Wasserschlauch und goss sich dessen Inhalt über seinen Kopf. Dies brachte ihm ein wenig Kühlung.

Er begab sich zwischen zwei Bäume und tauchte den Wasserschlauch tief ins Wasser. Er war erstaunt, wie kalt es war. Den gefüllten Wasserschlauch holte er wieder hervor und trank daraus. Noch einmal schüttete er sich ein wenig des Wassers über den Kopf. Sein Magen grummelte.

Rufus tauchte den Wasserschlauch erneut zwischen den Baumwurzeln in den See, um ihn zu füllen. Doch dieses Mal hielt etwas seine Hand unter Wasser fest. Er bekam Angst und wagte es für einen Moment nicht, sich zu rühren.

„Wir sind es gewohnt, dass man uns etwas gibt, wenn man uns etwas nimmt", sagte eine weibliche Stimme in einem sanften, aber kalten Tonfall.

Rufus blickte auf. Er traute seinen Augen nicht. In der Mitte des Sees sah er drei Frauen. Sie waren unglaublich blass, hatten lange mit hellblauen Strähnen durchzogene dunkelgrüne Haare, die ins Wasser reichten und schienen zu stehen. Sie waren anscheinend nackt, aber bis zu den Brüsten im Wasser eingesunken und von Seerosen umgeben.

„Wer", brachte Rufus nur heraus. Er wagte kaum zu atmen.

„Wir sind die Nymphen des Sees", sagte die mittlere Nymphe. „Dies ist unser See, und niemand nimmt aus ihm, ohne etwas als Gegenleistung zu geben!"

Es klang wie eine Drohung.

Die rechte Nymphe streckte die Arme aus dem Wasser nach ihm aus. Ihr Blick wurde sehnsüchtig verklärt.

„Er hat eine Brosche bei sich, die will ich haben", rief sie.

Rufus hielt sich die Hand über die Hosentasche. Er spürte die Brosche von Alfrun und biss die Zähne zusammen.

„Ein Beweis der Liebe, wie schön", flötete die linke Nymphe und streckte ebenfalls die Arme nach ihm aus. Ihr Blick verklärte sich ebenfalls.

„Nein", sagte die mittlere Nymphe streng. Ihr Blick war fest auf Rufus gerichtet. „Der Preis ist zu hoch, als das wir ihn verlangen könnten!"

Enttäuscht ließen die anderen beiden Nymphen ihre Arme sinken und wandten den Blick nach unten.

Rufus atmete durch. „Ich habe ein Messer", bot er an.

„Nein", sagte die mittlere Nymphe wieder, diesmal sanfter. „Das wiederum ist uns nichts wert."

Rufus schluckte. Er hatte sonst nichts, was er zum Tausch hätte anbieten können. Die mittlere Nymphe sah in an, als könnte sie seine Gedanken lesen.

„Wenn Du den Weg, den Du gekommen bist, auf der anderen Seite des Sees fortsetzt und immer weiter gehst", sagte sie, „dann kommst Du an einen gefällten Baum. Unter seinen Wurzeln liegt eine Schatulle. In ihr wirst Du eine Münze finden. Wir wollen sie haben."

Ihr Blick durchbohrte Rufus, doch ihre Stimme klang weich, als sie ihn fragte: „Einverstanden?"

Der konnte nur nicken. Er schluckte.

„Lass den Wasserschlauch so lange hier, wir werden gut auf ihn Acht geben", forderte sie.

Rufus traute sich nicht zu widersprechen. Widerwillig ließ er den Wasserschlauch los. Augenblicklich war seine Hand frei und er konnte sie wieder aus dem Wasser ziehen.

Er blickte wieder auf. Die Nymphen waren verschwunden.

Er umrundete den See und versuchte dabei, genau die Orientierung zu behalten, um die richtige Richtung einzuschlagen. Als er sich auf der exakt gegenüberliegenden Seite der Stelle wähnte, an der er seinen Wasserschlauch vermutete, drehte er sich um und verließ den See.

„Aber er hat doch schon von unserem Wasser genommen", hörte er die Stimme einer der sehnsüchtig blickenden Nymphen leise protestieren. Oder bildete er sich das nur ein?

„Er wird wiederkommen", klang die Stimme der mittleren Nymphe in seinen Ohren. „Er wird bezahlen!"

„Ach, ich hätte so gerne die Brosche gehabt", sagte die dritte Nymphe und seufzte sehnsüchtig zusammen mit der ersten Nymphe.

Rufus verließ den Wald recht schnell und fand sich erneut auf einer Wiese wieder. Er sah keine guten Punkte, um sich an ihnen zu orientieren. So blieb ihm nichts anderes übrig, als nach besten Können intuitiv den Weg einzuhalten, der ihm gewiesen worden war.

Nachdem er über einen langgezogenen Hügel hinweg gelaufen war, sah er bereits den gefällten Baum. Erleichterung machte sich in ihm breit. Er fühlte sich schwach und fiebrig, doch er riss sich zusammen und marschierte zum Baum.

Er kam beim Baum an und blickte sich um. Er kniff die Augen zusammen und schaute in die Ferne. Es schien, als ob dort eine Straße verlief. Hoffnung stieg in ihm auf. Für einen Augenblick dachte er daran, zur Straße zu gehen und ihr zu folgen.

Er fasste sich an die Brust. Sein Herz schmerzte plötzlich unermesslich. Rufus sank auf die Knie und stöhnte. So verharrte er. Ihm blieb nichts anderes übrig, als darauf zu warten, dass der Schmerz wieder verklingen würde.

Dann nahm er ein paar tiefe Atemzüge und setzte sich ins Gras. Er kramte Alfruns Brosche hervor, betrachtete und berührte sie liebevoll. Schließlich steckte er sie wieder ein.

Er wandte sich dem gefällten Baum zu. Er war wirklich groß gewesen. Seine Wurzeln waren ein Stück weit aus dem Boden gerissen. Rufus stellte sich vor, dass er bereits von einem schweren Sturm teilweise entwurzelt worden war, und man ihn deswegen gefällt hatte.

Er tastete zwischen den Wurzeln umher und fand tatsächlich eine Stelle, an welcher er seine Hand durch lockere Erde hindurchschieben konnte. Er fühlte umher und ergriff etwas. In dem Moment ergriff auch etwas sein Handgelenk. Die Wurzeln des Baumes zogen sich zusammen und hielten ihn am Arm und unter dem Baum am Handgelenk fest.

Rufus blickte sich verzweifelt um. Würde sowas jetzt ständig passieren?

Er traute seinen Augen nicht: Vor ihm auf dem großen gefallenen Baumstamm lag eine Frau. Sie hatte bis auf eine graue Strähne lange braune Haare, braune Augen und einen hellbraunen Teint. Sie war bekleidet mit einem hautengen dunkelbraunen Gewand. Es hatte Risse. Doch die Frau sah stolz und königlich aus. Sie erinnerte Rufus an Gwenda. Sie lag mit dem Bauch auf dem Baumstamm, hatte den Kopf auf ihren übereinander geschlagenen Handgelenken abgelegt und schaute Rufus aus alten, weisen Augen an. Doch gleichzeitig wirkte sie auf Rufus, als hätte sie sich eine innere Jugend bewahrt, die aus ihr herausstrahlte. Sie lächelte.

„Du bist der Neue", sagte sie sanft. „Dein Name eilt Dir voraus. Du willst nach Odal."

Rufus' Augen wurden noch ein wenig größer. Er traute auch seinen Ohren nicht. Verwirrt schüttelte er den Kopf. Dann nickte er der Frau zu.

„Ich bin Hulda", sagte Hulda. „Ich habe auf Dich gewartet."

„Auf mich?", fragte Rufus zweifelnd.

Hulda schloss einen Augenblick lang die Augen und lächelte in sich hinein.

„Viele halten mich bereits für tot", erzählte sie. „Aber ich schlafe nur. Ich möchte wieder leben, Rufus. Ich möchte wider die Augen öffnen und erwachen. Du kommst mit deiner jungen und noch ungeformten Kraft der Verwandlung gerade richtig, um mich wieder zu wecken."

Rufus schaute sie einen Augenblick lang verwirrt an. „Deine Worte ergeben keinen Sinn für mich", musste er schließlich gestehen.

„Das werden sie", sagte Hulda sanft und öffnete wieder ihre Augen. „Ich brauche deine Hilfe, und dafür gebe ich Dir, was ich behüte. Verstehst Du?"

„Ja", bestätigte Rufus und biss die Zähne zusammen. „Was muss ich tun?"

„Gieße mich mit dem Wasser aus dem See der Nymphen", antwortete Hulda. „Ich weiß, Du kommst von dort. Und ich weiß, Du gehst wieder dorthin. Und ich hüte den Pfand, den Du brauchst, um Morgana und ihre Schwestern zufriedenzustellen."

Rufus seufzte. „Ich werde Dir Wasser aus dem See mitbringen", versprach Rufus, „aber ich brauche dafür erst den Pfand."

Die Wurzeln lösten sich von seinem Arm. Er zog ihn heraus. Tatsächlich hielt er eine kleine Schatulle in seiner Hand. Er öffnete sie. Es lagen zwei silberne Münzen darin. Vorsichtig nahm er die Münzen heraus. Er blickte auf. Hulda war nicht mehr zu sehen. Es wunderte ihn fast gar nicht. Schließlich schob er die leere Schatulle wieder unter die Baumwurzeln und schloss vorsichtig das Loch, das er gemacht hatte.

Ein letztes Mal unsicher umher blickend steckte er die Münzen ein und beeilte sich, den Rückweg anzutreten.

Es wurde langsam dunkel. Rufus lief über den Hügel zurück, über die Wiese und in den Wald hinein, fand dort den See wieder, umrundete ihn bis zu der Stelle, an welcher sein Wasserschlauch im See liegen musste und wartete dort ab. Nichts passierte.

Er kramte in der Tasche und holte eine der zwei silbernen Münzen hervor. „Ich habe hier eure Münze", rief er und hielt die Münze in die Luft. Wieder tat sich nichts.

Ratlos stand Rufus herum. Seine innere Stimme riet ihm, die Münze einfach in den See zu werfen. Das tat er schließlich. Noch einmal wartete er ab, doch nichts geschah.

Er ließ sich auf Ellenbogen und Knie nieder und griff beherzt in den See hinein. Tatsächlich fühlte er den Wasserschlauch. Er wurde von den Wurzeln der Bäume festgehalten. Rufus bekam den Wasserschlauch nicht sofort frei, doch schließlich gelang es ihm. Er verschloss den Wasserschlauch, und mit einem letzten Blick auf den See verließ er den Ort.

Dann beeilte er sich, zur Höhle zurückzufinden, in welcher er mit dem Baumpilz gesprochen hatte. Er kam in der Dämmerung dort an. Die Höhle war jetzt ebenfalls dunkel, Rufus konnte kaum die eigene Hand vor Augen sehen.

„Es tut mir leid", entschuldigte er sich. „Ich muss einen kleinen Schluck selber nehmen."

Er setzte sich auf den am Boden liegenden Baumstamm und trank einen Schluck aus dem Wasserbeutel. Sein Magen knurrte leise und auf einmal war die Höhle wieder in ihrem sanften Blau erleuchtet.

„Ah, Du bist wieder zurück", sagte der Baumpilz erfreut. „Bitte gieße das Wasser möglichst in den Stamm hinein, er hat ja viele Spalten und Löcher. Ich werde mir das Wasser dann aus ihm heraus saugen."

Rufus begann damit, wie geheißen das Wasser in den Stamm zu füllen, mehrere Löcher und Spalten zu begießen und zum Schluss die letzten Tropfen noch auf den Pilz selbst zu geben.

„Ah, köstlich", sagte der Baumpilz freudig. Er wirkte zufrieden und schien wieder zu lächeln.

„Das ist genug", erklärte der Pilz. „Hab vielen Dank!"

Rufus nickte. „Wie komme ich also jetzt nach Odal?", wollte er wissen.

„Oh", sagte der Baumpilz. „Genau, das wolltest Du ja wissen, stimmt. Du weißt also jetzt, wo der Wald mit dem See der Nymphen ist?"

„Ja, das weiß ich", antwortete Rufus.

„Wenn Du durch den Wald hindurch gehst", erklärte der Pilz, „dann kommst Du irgendwann an einen gefällten Baumstamm."

„Ja, das weiß ich", wiederholte sich Rufus.

„Wenn Du dann noch ein wenig weiter gehst, kommst Du an eine Straße", fuhr der Pilz fort.

„Auch das weiß ich", sagte Rufus.

„Na, prima", antwortete der Pilz freudig. „Dann kennst Du ja den Weg nach Odal. Die Straße wird Dich dorthin führen. Durch den Wald, zum Baumstamm und von da aus setze deinen Weg einfach geradeaus fort und folgst der Straße. Und in ein paar Tagen bist Du da."

„In ein paar Tagen", wiederholte Rufus verdrossen.

„Mit einem Pferd ginge es natürlich schneller... Tja, gute Reise, mein Freund", verabschiedete sich der Baumpilz von Rufus. „Ich muss jetzt meinen Schönheitsschlaf halten. Aber wenn Du mal wieder vorbeikommst, dann bringe mir doch bitte ein wenig Wasser aus dem See der Nymphen mit."

„Weißt Du, ob ich hier in der Umgebung etwas zu essen finde?", fragte Rufus.

Der Baumpilz antwortete nicht.

Rufus stöhnte. Er bewegte sich umständlich zu dem Baumstamm, der auf dem Boden lag und versuchte, sich darauf hinzulegen. Das war äußerst unbequem. Zudem schien er Geräusche aus dem Tunnel zu hören, der ihm unbekannt war. Etwas schien über den Boden zu schleifen und langsam näher zu kommen.

Ängstlich stand Rufus wieder auf, blickte sich nochmal um und verließ die Höhle. Draußen stand Alfrun in einem Kleid und einer Blumenkrone im Haar und strahlte ein ruhiges Licht aus. Rufus war so überwältigt und gleichermaßen auch erschöpft, dass er vor ihr auf die Knie sank und sie selig anlächelte. Er stürzte nach vorne auf die Hände und sank ganz langsam zu Boden. Er spürte jedoch, wie Alfrun sich zu ihm runter beugte und ihn sanft am Hinterkopf berührte.

Rufus schlief lächelnd ein und spürte noch, wie Alfrun ihm heiße Luft in den Nacken schnaubte. Er fühlte sich sicher und aufgehoben.

Kapitel 11: Wer ist dein Freund?

Rufus wachte auf. Es war kalt. Seine Gliedmaßen und Gelenke taten ihm weh; von der Kälte, von der Überanstrengung und von der Tatsache, dass er auf harter Erde geschlafen hatte. Er öffnete dich Augen und sah seine eigenen Finger. Er begann damit, erst mal seine Finger zu bewegen, dann seine Hand. Er stöhnte. Das Handgelenk schmerzte.

Etwas schnaubte ihm heiß in den Nacken. Für einen kurzen Augenblick dachte er an Alfrun und wie sie sich im am Abend zuvor gezeigt hatte. Dann wurde er schlagartig wach und rutschte mit einem Satz von seiner ursprünglichen Position weg.

Mit aufgerissenen Augen schaute er in das Gesicht eines Pferdes, das ihn neugierig beobachtete.

„Jorid", rief Rufus überrascht. „Träume ich denn noch immer?"

Er erkannte sofort das Pferd aus dem königlichen Hofstall, um das er sich bereits viele Jahre lang liebevoll gekümmert hatte.

Der grau gemusterte Apfelschimmel kam vertrauensvoll näher. Rufus streichelte sein Nasenbein. Es war ein Wiedersehen, das Rufus tief berührte. Trotz seiner Schmerzen stand er ohne weiteres Aufwärmen auf und begutachtete das Pferd. Es wirkte gesund und kräftig.

„Wie kommst Du hierher, Jorid? Bist Du weggelaufen?", fragte Rufus. Er blickte dem Pferd in die Augen. „Du sprichst jetzt aber nicht mit mir, oder?"

Jorid machte keine Anstalten, etwas zu sagen.

Rufus schaute sich um. Die Sonne war kurz davor aufzugehen. Der Morgentau lag noch auf den Pflanzen und Nebelschwaden zogen in der Umgebung umher.

„Gehen wir", sagte Rufus motiviert, obwohl er Schmerzen und Hunger litt. Er ging los und schnalzte mit der Zunge.

Der Apfelschimmel setzte sich in Bewegung und folgte ihm.

Rufus lief ein weiteres Mal in den Wald und suchte den See der Nymphen auf. Unterwegs passte er darauf auf, keinen giftigen Schlangen über den Weg zu laufen.

Am See angekommen kramte er die silberne Münze aus der Tasche, die er noch bei sich trug. Er hielt sie einen Augenblick lang demonstrativ in die Luft, bevor er sie in den See warf. Dann tauchte er seinen Wasserschlauch ein und füllte ihn.

Er umrundete den See und verließ den Wald ohne weitere Zwischenfälle, lief über die Wiese, den Hügel hinauf und zum gefällten Baum.

Einen Augenblick lang stand er hier und überlegte. Hulda war nirgendwo zu sehen.

Rufus nahm den Wasserschlauch in die Hand und begann, den Baumstumpf zu begießen, sowohl obenauf wie auch die Wurzeln drum herum. Er hörte, wie das Wasser glucksend vom Erdreich aufgesogen wurde. Für einen Augenblick zögerte er. Gerne hätte er sich ein wenig Wasser für den Weg aufgespart. Er schloss die Augen, senkte den Kopf und hörte in sich hinein. Widerwillig und kopfschüttelnd entschied er sich dazu, den Wasserbeutel komplett zu leeren.

Er stellte sich vorsichtig auf den großen, liegenden Baumstamm und schnalzte. Jorid trottete gemächlich zu ihm und stellte sich so hin, dass Rufus leicht aufsitzen konnte.

Dann ritt Rufus zur Straße und folgte ihr aus dem Tal heraus.

Am Nachmittag kam er an einen Fluss. Ein großes Tor aus Stein stand hier, dahinter führte eine Bogenbrücke aus Stein auf die andere Seite. Eine Tränke aus Stein befand sich noch vor dem Tor.

Auf dem Tor war ein Zeichen angebracht, das Rufus an ein Weizenbündel von der Ernte erinnerte: ein Quadrat, das auf der Spitze stand, die Striche nach unten verlängert, so dass das Quadrat auf zwei Beinen stand.

Auf der anderen Seite des Flusses standen Birken zu beiden Seiten.

Rufus hielt vor der Brücke, stieg ab und ging zum Fluss hinab. Dort füllte er seinen Wasserschlauch auf, ging wieder zur Brücke hoch und füllte das Wasser in die Tränke. Das machte er mehrere Male, bis die Tränke gefüllt war. Schließlich füllte er den Wasserschlauch noch einmal für sich selbst auf.

Er ließ Jorid trinken und grasen und suchte die Wiese eine Weile lang nach Klee und Sauerampfer ab, wovon es hier reichlich gab.

Dann führte er den Schimmel über die Brücke.

„Wir sind da, Jorid", sagte Rufus erwartungsvoll.

Kapitel 12: Willst Du dein Ziel wirklich erreichen?

Gegen Abend teilte sich die Straße nach links und rechts. Zwischen den beiden Straßen fand Rufus ein Steinhäuschen vor, das offenbar dazu da war, Reisenden Unterschlupf zu gewähren. Es bot ausreichend Platz zum Schlafen, hatte ein hohes Dach mit einem Abzug und eine Feuerstelle in der Mitte, in der die Überreste eines Feuers verblieben waren. Auch ein wenig Holz lag hier in einer Ecke. Rufus wusste jedoch nicht, wie er ein Feuer hätte starten können, also beschäftigte er sich nicht weiter damit.

Ebenfalls fand er hier einen Korb vor, den er an sich nahm, um damit Nahrung zu sammeln.

Vor dem Häuschen stand eine Bank und ein Pfosten, an den man ein Pferd hätte anbinden können. Jorid trug jedoch kein Zaumzeug.

Neben dem Pfosten stand eine Tränke aus Stein, wie schon eine an der Brücke gestanden hatte.

Rufus erkundete die Umgebung. Hinter dem Steinhäuschen fand er zwischen Birnbäumen einen Brunnen mit Schwengelpumpe vor. Er musste die Schwengelpumpe eine Weile bedienen, bevor der Brunnen ihm Wasser lieferte. Dann füllte er seinen Wasserschlauch auf, wieder erst, um die Tränke zu füllen, anschließend für sich selbst.

In der näheren Umgebung fand er zudem Giersch, Rauke, Feldsalat sowie Spitz- und Breitwegerich. Zusammen mit ein paar Birnen legte er seine Ernte in den Korb und setzte sich auf die Bank, um sich dort zu stärken.

Die Landschaft war wunderschön und voller Berge, Hügel und Täler. Rufus war beeindruckt, kannte er ja nur das recht flache Land von Magan. Er fragte sich, was die Welt noch zu bieten hatte für diejenigen, die das Glück hatten, sie bereisen zu dürfen.

Er fragte sich auch, wie ein solches Königreich in Vergessenheit geraten könnte. Und warum Bruno davon gesprochen hatte, dass Odal überhaupt nicht existierte.

Er dachte an die zwei Welten, von denen der Mann gesprochen hatte, der sich vor Rufus' Augen scheinbar in einen Bären verwandelt hatte. An die Wirklichkeit, welche mächtiger sein sollte als die Welt, in der die meisten lebten.

Jorid trabte zu ihm und ließ sich von ihm streicheln.

„Du bist das wilde Pferd eines ebenso wilden und verwegenen Abenteurers", erzählte Rufus dem Pferd. „Du bereist die Welt. Du siehst und erlebst Dinge, die kein anderes Pferd vor Dir gesehen hat. Diese Erfahrungen haben Dich stark gemacht, zäh und auch weise. Niemand hätte je geahnt, dass Du zudem noch königliches Blut in Dir trägst. Aber eines Tages geriet Magan in Gefahr, und es hieß, nur ein Pferd von königlichem Blut würde das Reich retten können. Du wolltest diese verantwortungsvolle Aufgabe übernehmen, aber in den Augen der Menschen warst Du nur das wilde Pferd eines ebenso wilden und verwegenen Abenteurers."

Er lächelte über seine Geschichte. Dann stockte er.

„Kann es wirklich sein", fragte er Jorid und beugte sich zu dem Pferd vor, „dass eine unerkannte und unzerstörbare Wirklichkeit hinter den Dingen steht und ihre eigene Geschichte erzählt, die unserem Sehen und Denken trotzt und unseren Geschichten widerspricht?"

Er lehnte sich zurück und schaute in den Himmel.

„Weder Du noch der Abenteurer", fuhr er fort, „ließen sich lange von den Worten der Menschen abhalten. Als diejenigen, welche die Welt der Wirklichkeit kannten und erfahren hatten, machten sie sich auf den Weg, Magan zu retten. Und erst, als es vollbracht war, erkannten die Menschen dein wahres Wesen."

Rufus gähnte. Er schloss die Augen und dachte nach.

„Wenn Du etwas aussprichst, was nicht wahr ist, dann nennt man das eine Lüge", zitierte er Ratbold, den Narren. „Aber wenn Du etwas aussprichst, was erst nicht wahr ist, hinterher aber schon, dann nennt man das eine Geschichte."

Er stand auf und ging in das Häuschen, um sich schlafen zu legen. Im Eingang drehte er sich noch einmal um.

„Lass uns keine Lüge sein, Jorid", schlug er dem Pferd vor. Sehnsucht und Hoffnung lagen in seiner Stimme. „Lass uns Geschichte sein."

Dann legte er sich in eine Ecke des Steinhäuschens und schlief tief und fest bis zum nächsten Morgen.

Geweckt wurde Rufus ein weiteres Mal durch ein Schnauben von Jorid. Das Pferd hatte sich in das Steinhäuschen gedrängt und dem Schlafenden seine Unruhe mitgeteilt. Vorher allerdings hatte es den Korb leer gefressen, in dem noch ein paar geerntete Pflanzen vom Vortag übrig geblieben waren.

Benommen blickte Rufus auf und sah, dass die Sonne bereits aufgegangen war. Normalerweise war er um diese Zeit schon längst im Pferdestall.

Eilig stand er auf, wusch sich so gut es ging mit Hilfe des Wasserschlauches, füllte die Tränke wieder auf und sammelte erneut etwas zu essen zusammen, für sofort und für unterwegs. Dann aß er etwas, verstaute die Wegzehrung zu gut es ging in seinen Taschen und in seinem Hemd und stieg vorsichtig auf die Kante der Tränke. Er schnalzte mit der Zunge und Jorid kam zu ihm, um ihn aufsitzen zu lassen.

Rufus schaute sich die Möglichkeiten an, die sich ihm boten. Der rechte Weg erschien ihm etwas unwegsamer und bewachsener von Gras und Moos. Er führte hinab in ein Tal mit einem großen und dichten Wald. Der linke Weg wirkte stabiler und öfter benutzt. Für diesen entschied Rufus sich schließlich.

Gleich nach der nächsten Biegung wurden große und starke Eichen sichtbar, an denen Stricke angebracht worden waren. Ihre Schlaufen am unteren Ende ließen keinen Zweifel daran aufkommen, wofür sie gedacht waren.

Rufus schauderte. Auf Grund der Erzählungen über Odal hatte er nicht damit gerechnet, dass auch in diesem Königreich Hinrichtungen stattfanden oder schlicht Menschen aufgeknüpft wurden. Er blieb einen Augenblick stehen und überlegte, umzukehren und doch den anderen Weg zu nehmen. Doch dann entschied er sich dafür, den bereits gewählten Weg fortzusetzen.

Nach einer geraumen Zeit sah Rufus eine Burg, auf die er zuritt. Sie stand auf einem hohen, steilen Berg und war damit nur über die Straße zugänglich. Sie wirkte stabil und sicher. Eine Glocke begann zu läuten. Es dauerte eine Weile, bis Rufus die Burg erreichte. Ihr Tor war offen und wirkte einladend.

Vor dem Tor stieg Rufus ab. Voller Erwartungen überschritt er die Brücke und durchquerte das Torhaus. Eine Wache war weit und breit nicht zu sehen. Die Glocke war verstummt. Der Hof war leer.

Dann kamen – wie abgesprochen – mit einem Mal mehrere Personen von allen Seiten.

Direkt auf Rufus zu kam ein schlanker und hochgewachsener Mann in einem feuerroten Gewand. Er hatte lange schwarze Haare und einen Spitzbart. Sein Gang war energisch. Seine Augen funkelten Rufus an. Aus einem anderen Durchgang vor ihm näherte sich ein stämmiger Mann in einem grauen Hemd und einer schwarzen Hose. Seine kurzen Haare waren grau. Er schmunzelte und näherte sich nur langsam.

Von der linken Seite kamen zwei Frauen. Die Frau im blauen Spitzenkleid mit weißem Saum und Kragen war kräftig gebaut, ihre schwarzen welligen Haare waren zu einer aufwendigen Frisur hochgesteckt. Sie schritt elegant und entspannt auf Rufus zu. Ihre Arme waren verziert mit Stulpen aus Steinen in Blau, Grün und Weiß. Die Frau neben ihr bewegte sich wie eine Katze hinter ihr her, scheinbar entspannt und doch wachsam. Sie trug ein grünes Hemd und eine grüne Hose, unter der braune Stiefel herausschauten. Ihre dunkelroten Haare waren schulterlang und formten einen einfachen Seitenscheitel.

Von der rechten Seite bewegten sich ebenfalls zwei Frauen auf Rufus zu. Die Hochgewachsene trug ein weiß wallendes Rüschenkleid, ihre blonden langen Haare waren ebenfalls zu einer komplizierten Frisur hochgesteckt. Eine goldene Kette hing um ihren Hals. Sie wirkte freundlich und aufgeschlossen. Die kleinere Frau neben ihr trug ein enges und kurzes violettes Spitzenkleid, besetzt mit glitzernden Steinen, die nicht strahlender funkelten als ihre Augen. In ihren langen, welligen Haare in Grau trug sie ein Diadem, welches ebenfalls glitzerte. Sie trug fast kniehohe Stiefel.

Während sich Rufus umschaute, bemerkte er, wie noch zwei Männer sich von hinten näherten.

Von hinten links kam ein breiter großer Mann mit einem gelben Hemd und einer braunen Hose. Er hatte kurze blonde Haare und einen Vollbart. Sein Blick war ernst, was durch den Speer in seiner Hand unterstrichen wurde. Von hinten rechts kam ein Mann, der ebenfalls sehr breit war, aber einen Kopf kleiner als der andere. Sein Hemd war orange und seine Hose schwarz. Seine langen roten Haare hatte er zu einem Hochzopf gebunden, sein Gesicht war ebenfalls von einem Vollbart bewachsen. Er trug eine Hellebarde mit sich.

Rufus wurde geradezu umzingelt, jedoch hielten die Leute auch einen gewissen Abstand von ihm.

„Wer bist Du?", fragte der Mann im roten Gewand und den langen schwarzen Haaren nicht allzu freundlich.

„Mein Name ist Rufus", stellte Rufus sich vor, „und ich komme aus Magan. Dort war vor ein paar Tagen ein Zauberer namens Botmar und meinte, ich wäre ein Zauberer, der eine Ausbildung brauchen würde."

„Davon weiß ich nichts", entgegnete der Mann im roten Gewand schroff und blickte die anderen in der Runde an. Die schüttelten allesamt stumm die Köpfe und schauten wieder interessiert zu Rufus, der Verlegenheit in sich aufkommen spürte.

„Ich suche den Zauberer von Asenwald", erklärte Rufus vorsichtig.

„Zelestin? Der ist nicht hier", entgegnete der Mann in Rot, nach wie vor unnachgiebig unfreundlich.

„Und wann kommt er wieder?", fragte Rufus.

„Das weiß man nie so genau", erklärte der große Mann mit dem gelben Hemd und dem Speer in der Hand. „Das kann Tage dauern."

„Kann ich hier auf ihn warten?", fragte Rufus.

„Wir können immer jemanden gebrauchen", gab der andere Mann hinter Rufus von sich, „wenn Du Dich nützlich machen kannst."

„Ja, das kann ich", beeilte sich Rufus zu sagen.

„Jemanden, der das Geschirr abwäscht", freute sich die Frau im blauen Kleid.

„Müll einsammeln und den Hof fegen sollte auch keine Aufgabe sein, die jemanden überfordert", schlug der Mann in Grau vor.

„Und mit Pferden kannst Du anscheinend auch umgehen", sagte die Frau in Weiß freundlich.

„Und jemand muss wieder die Vorratskammer auffüllen", sagte die Frau in Grün in die Runde.

„Vielleicht ist der junge Mann ja auch handwerklich begabt", sagte die Frau in Violett und blickte Rufus dabei erwartungsvoll an.

„Ein paar Steine müssen mal wieder rangeschleppt werden", wusste der Mann mit dem gelben Hemd zu berichten.

„Und in die richtige Form gebracht werden“, ergänzte der Mann mit dem orangefarbenen Hemd.

Der Mann vor Rufus lächelte ihn an, nicht freundlich, eher schadenfroh und überheblich.

„Ein Zauberer werden ist harte Arbeit“, behauptete er im süffisanten Tonfall.

„Das kann ich alles auch zu Hause haben“, entgegnete Rufus entrüstet.

„Es steht Dir frei zu gehen“, entgegnete der schwarzhaarige Mann gleichgültig. „Wir haben Dich nicht eingeladen.“

„Botmar hat gesagt -“, fing Rufus an und stockte. Der mitleidlose und amüsierte Blick des spitzbärtigen Mannes vor ihm verriet, dass er zwar neugierig war zu hören, was Botmar ihm gesagt hatte, es letztlich jedoch keine Rolle spielen würde.

Rufus' Miene verfinsterte sich. Sein Gesicht wurde zu einer Grimasse. Er schlug die Augen nieder, Gram und Enttäuschung stiegen in ihm auf. Er ballte die Hände zu Fäusten. Er schluckte. Er kämpfte mit den Tränen.

Schließlich drehte er sich um, ohne noch einmal hoch zu schauen. Er ging. Er durchschritt das Torhaus und ging über die Brücke. Dann blieb er stehen.

Sein ganzer Körper war angespannt und verkrampft. Er ließ die Tränen laufen, blieb jedoch mit aller Kraft aufrecht stehen. Man sollte ihm von hinten nicht ansehen, wie er sich fühlte.

Er hörte, wie Jorid ihm über die Brücke folgte. Das beruhigte ihn ein kleines bisschen.

Gleichzeitig stieg die Verzweiflung in ihm auf. Er griff in die Hosentasche und umfasste die Brosche von Alfrun. Sollte der Weg vergebens gewesen sein? Waren die Mühen umsonst gewesen?

Rufus wusste nicht, was nun zu tun wäre. Er könnte auch in die Burg zurückkehren und darum bitten, die erwähnten Arbeiten erledigen zu dürfen, um so eine Unterkunft zu haben, bis der Zauberer von Asenwald wiederkäme. Wann immer das wäre. Was für eine Schmach!

Mit zitternden Beinen setzte er seinen Weg fort und entfernte sich von der Burg. Er würde noch lange zu sehen sein, ging es ihm durch den Kopf.

Wut stieg in ihm auf. Wut über die arroganten Menschen in der Burg, die seine Lage schamlos ausnutzen wollten. Wut über den angeblich so legendären Zauberer von Asenwald, der nicht da war. Wut über den alten Botmar, der ihn dazu verleitet hatte, diesen Ort mühselig aufzusuchen und dabei sein Leben zu riskieren.

Aber vor allem war er wütend über sich selbst. Wütend über seine Dummheit, seine Naivität und seine Leichtfertigkeit, die Sicherheit seines alten Lebens aufzugeben für ein leeres Versprechen.

Er biss sich so heftig auf die Lippe, dass es blutete. Er nutzte den Schmerz, um sich zu konzentrieren. Er fand einen großen Stein, auf den er sich stellen konnte und wartete zitternd darauf, dass Jorid zu ihm kam. Das Pferd tat, wie es von ihm erwartet wurde.

Rufus sprang auf und ritt davon.

*

Rufus trat vor Alfrun. Er strahlte über das ganze Gesicht; endlich sah er sie wieder. Sie sah so schön aus. Schöner, als er sie überhaupt in Erinnerung gehabt hatte. Sie trug ein goldenes Kleid und hatte eine Frisur mit verschiedenen geschickt ineinander eingeflochtenen Zöpfen unter einer goldenen Haube. Sie widmete ihm einen keuschen Augenaufschlag. Er breitete die Arme aus, um sie an sein Herz zu drücken.

„Bricht für uns nun eine neue Zeit an?", fragte sie, bevor er sie in die Arme schließen konnte. „Bist Du nun ein Zauberer?"

Das Lächeln fiel Rufus aus dem Gesicht. Seine Arme sanken. Sein Blick verdüsterte sich.

Alfrun sah ihm die Antwort in seinem Gesicht an. Sie wandte sich von ihm ab.

„Das habe ich auch nicht von Dir erwartet, wenn ich ehrlich sein soll", sagte sie mit Enttäuschung in der Stimme. „Ich bin auch nicht davon ausgegangen, dass Du überhaupt wiederkommst. Deswegen bin ich jetzt mit Phillip verheiratet."

*

„Nein!", schrie Rufus verzweifelt auf.

Er schreckte auf, das Gesicht nass von Schweiß und Tränen. Orientierungslos blickte er umher. Er befand sich in dem Steinhäuschen, das an der Gabelung der Straße stand, die ihn zur Burg geführt hatte. Er lag zusammengekauert in einer Ecke des Häuschens.

Für einen Augenblick sank er wieder zusammen und drückte sich tiefer in die Ecke. Mut und Hoffnung waren von ihm gewichen und hatten Enttäuschung und Selbstvorwürfen Platz gemacht.

Dann kam der Schmerz wieder. Rufus konnte sich nur noch an die Brust fassen und den Schmerz versuchen auszuhalten, der ihn dieses Mal fast wahnsinnig machte und lange anhielt. Nur zögerlich verging der Schmerz schließlich wieder und ließ sein Opfer verzweifelt und kraftlos zurück.

Doch der Hunger zwang ihn schon kurze Zeit später, aufzustehen und sich etwas zu essen zu sammeln. Jorid war bereits mit der Nahrungsaufnahme beschäftigt und graste. Das Pferd spürte die Unruhe des vor kurzem noch wilden und verwegenen Abenteurers und blickte auf.

Voller Frust begann Rufus damit, sich essbare Pflanzen zu pflücken. Wut stieg in ihm auf. Verbissen und aggressiv rupfte er die Pflanzen mitsamt des umgebenen Grases heraus. Er bemerkte es und warf die Pflanzen wieder weg. Er hatte keinen Hunger mehr und konnte vor Wut nicht denken. Tränen verhinderten, dass er klar sehen konnte. Er ließ sich ins Gras fallen und weinte.

Jorid blickte aus sicherer Distanz rüber und wirkte ebenfalls unruhig.

Rufus brauchte eine Weile, um sich wieder ein wenig zu fassen. Die Tränen versiegten vorerst, die Wut blieb. Trotzdem konzentrierte er sich und sammelte die weggeworfenen Pflanzen wieder ein und pflückte weitere. Auch Birnen sammelte er ein und steckte sie in das Innere seines Hemdes.

Missmutig und mit gesenktem Kopf marschierte er stur zur Pferdetränke. Er drehte sich in Jorids Richtung. Üblicherweise schnalzte er locker und entspannt mit der Zunge, um das Pferd zu rufen. Doch er war nicht locker und entspannt. Er machte ein eher knackendes Geräusch mit der Seite der Zunge.

Jorid blickte auf. Rufus blickte zurück, erwartungsvoll mit finsterer Miene wartend. Das Pferd schien kurz seine Optionen abzuwägen und steckte die Nüstern dann wieder ins hohe Gras.

Rufus gab ein tiefes Brummen des Missfallens von sich und setzte sich dann energisch in Richtung des Pferdes in Bewegung. Jorid schreckte auf und lief ein paar Schritte von ihm weg. Rufus blieb überrascht stehen und beobachtete, wie Jorid in etwas Entfernung wieder stehen blieb. Dann setzte er sich wieder in Bewegung, aber auch das Pferd lief wieder los und entfernte sich weiter von ihm.

Rufus spürte wieder die Wut in ihm Aufsteigen, aber auch die Verzweiflung.

„Jorid", rief er. „Lass uns nach Hause gehen!"

Das Pferd blieb auf Distanz. Rufus ging noch einmal auf das Pferd zu und wieder lief es weiter davon. Die Entfernung zwischen ihnen vergrößerte sich. Der unglückliche Abenteurer schluckte. Ohne Jorid würde seine Reise lang und beschwerlich werden. Noch einmal versuchte er eine Annäherung und scheuchte das Pferd damit wieder weiter weg.

Verzweifelt fuhr er sich durch die Haare und strich die Hände über das Gesicht. Er stöhnte. Er brummte. Er schluchzte. Verzagt schaute er sich um, als wenn eine Lösung in der Umgebung gefunden werden könnte.

Jorid flüchtete nicht in die Richtung, in die er wollte; nach Magan. Das Pferd flüchtete auch nicht in die Richtung, in welcher die Burg lag. Es flüchtete die Straße entlang, dessen Ende ihm unbekannt war. Er blickte über das Pferd hinaus.

Er blickte auf den großen, dichten Wald, auf den die Straße zu führte. Leichte Nebelschwaden tanzten noch um ihn herum und lieferten sich einen auf lange Sicht aussichtslosen Kampf gegen die ersten Sonnenstrahlen.

„Der Asenwald", vermutete Rufus laut. Der Wald wirkte außergewöhnlich friedlich und geheimnisvoll. Rufus überlegte, ob dies vor allem an seiner unfriedlichen inneren Stimmung lag.

Er wog ab, welche Möglichkeiten er hatte. Er wollte nicht zur Burg von Odal zurück. Ohne Jorid wäre der Heimweg aber lang und beschwerlich.

Wenn nun der Zauberer vom Asenwald in dem Wald vor ihm zu finden war?

Rufus ärgerte sich über sich selbst, als er spürte, wie Hoffnung sich in ihm ausbreitete. Er fühlte sich bereits von der Hoffnung betrogen, und doch war er ihr plötzlich wieder hilflos ausgeliefert.

Er dachte an seine Erlebnisse und Erfahrungen der vergangenen Tage. Er dachte an seine Begegnung mit dem blinden Zauberer Botmar, mit dem Narren Ratbold, mit dem verschmitzten Melchior, mit seinen unheimlichen Helfern Ida und Bruno, die verrückten Erlebnisse mit einem Pilz, den Nymphen des Sees und einem Baumgeist.

Wie das ganze eine Geschichte ergab, die ihn scheinbar auf etwas Größeres vorbereitet hatte. Etwas, was ihm gerade durch die Finger zu gleiten drohte. Wenn es denn überhaupt existierte.

Aber wenn es irgendeine Chance gab, die er noch ergreifen konnte, dann vielleicht dort im Wald, der vor ihm lag.

Er hatte nichts weiter zu verlieren als sein Leben, das ihm in diesem Augenblick nicht allzu viel erschien.

So nahm er nochmal allen Mut zusammen, der in ihm übrig war. Er machte sich auf den langen Weg in den Wald. Jorid lief vor ihm her.

Kapitel 13: Welches Elend ziehst Du vor?

Mit der Zeit beruhigte Rufus sich wieder, und das schien auch Jorid zu spüren. Das Pferd ließ ihn wieder näher kommen und sich schließlich sogar beim Grasen überholen. Dann folgte es dem geringfügig wilden und verwegenen Abenteurer zu seiner Erleichterung weiter die Straße entlang, die sich jedoch langsam verlor und in einen Weg überging.

Nach einem weiten Marsch kam Rufus schließlich am Waldrand an. Sein Gang wurde zögerlich. Geräusche drangen aus dem Wald. Es waren jedoch nicht die Geräusche von Tieren, sondern Klimpern, Klappen und Heulen. An den Bäumen am Wegesrand hingen Tassen und Besteck. Sonderbare Zeichen waren hier in die Bäume geritzt sowie aus Zweigen geformt worden.

Rufus stand eine Weile lang unsicher am Waldrand, lauschte und beobachtete mit großen Augen. Dann gab er einem inneren Impuls nach und drehte sich um. Fast wäre er in Jorid hineingelaufen. Das Pferd beugte seinen Kopf zu ihm runter, als wolle es ihn beruhigen.

„Hast Du gar keine Angst?", fragte Rufus ungläubig. Jorid wirkte vollkommen ruhig.

„Dann habe ich auch keine", behauptete der verwegene Abenteurer, doch es klang nicht überzeugt. Es sah auch überhaupt nicht überzeugend aus, wie er mit aufgerissenen Augen und in geduckter Haltung kleine, langsame Schritte in den Wald hinein wagte und in alle Richtungen spähte.

Ihm fiel ein, dass Gefahren von überall her kommen könnten, also schaute er auch nach oben.

Da gefror ihm das Blut. Im Baum saß eine Gestalt. Sie trug ein schwarzes, rissiges Gewand und hatte einen abgenutzten schwarzen, spitzen Hut mit breiter Krempe auf. Ein Reisig-Besen lag neben ihr auf dem Ast.

Rufus wollte so leise und unauffällig wie möglich wieder rückwärts aus dem Wald hinaus schleichen, doch Jorid trabte unbeeindruckt tiefer in den Wald hinein. Rufus hätte das Pferd am liebsten zurückgerufen, starrte aber stattdessen ängstlich auf die Gestalt in den Bäumen über sich und wagte nicht mehr, sich zu rühren.

Ein wenig Wind kam auf. Tiefer im Wald klimperte es vermehrt. Rufus schaute in die Richtung, aus der die Geräusche kamen. So entdeckte er eine weitere Gestalt, die in den

Bäumen saß. Sie ähnelte der ersten, unter der er praktisch gerade stand. Er schluckte.

In der näheren Umgebung fiel ihm ein umgestürzter Baum ins Auge, an dem ein großer Baumpilz wuchs. Rufus erinnerte sich an den Baumpilz in der Höhle, der ihm den Weg nach Odal gewiesen hatte, an die Nymphen des Sees und an den Baumgeist.

Er fasste sich ein Herz und räusperte sich vorsichtig.

„Hallo", sagte er leise mit Blick auf die Gestalt über sich. Diese rührte sich nicht.

„Entschuldigung", sagte der Abenteurer ein wenig lauter. Wild und verwegen fühlte er sich dabei nicht im Geringsten. „Ich würde gerne durch den Wald passieren. Darf ich?"

Nichts geschah. Rufus presste die Lippen aufeinander.

„Hallo", rief er in einem Anfall von Leichtsinn und bereute es sofort. Er zog den Kopf ein und wartete ab.

Als wieder nichts geschah, richtete er sich wieder auf. „Wenn niemand etwas dagegen hat", erklärte er mit lauter, fester Stimme, „dann gehe ich jetzt in den Wald hinein!"

Dann ging er vorsichtig los. Er ging an dem umgestürzten Baum vorbei und fasste den Baumpilz ins Auge.

„Du sprichst sicher auch nicht", sagte er, doch mit Unsicherheit in der Stimme. Er behielt jedoch Recht: Der Baumpilz machte keine Anstalten, etwas zu sagen.

So wagte sich Rufus tiefer in den Wald und holte Jorid wieder ein, blieb jedoch höchst vorsichtig und aufmerksam.

Immer wieder sah er Geschirr und Besteck an Bäumen hängen. Immer wieder saß eine Gestalt in den Bäumen, die jedoch nie ansprechbar erschien. Die Vorstellung, dass Hexen diesen Wald bewohnten, sorgte für ständige Gänsehaut bei Rufus. Er stellte sich vor, wie sie über Wanderer wie ihn herfielen und dann mit dem Geschirr und Besteck verspeisten. Dennoch war er fest entschlossen, seine Angst zu ignorieren und den Wald zu erkunden. Er wollte einfach nicht mit leeren Händen zurück kommen.

Rufus holte Alfruns Brosche aus der Hosentasche. Damit fühlte er sich gleich sicherer.

Er fühlte sich damit sogar so sicher, dass er beschloss, einem Heulen auf den Grund zu gehen, dass nicht allzu weit vom Weg entfernt erklang.

Er mühte sich durch Unterholz und Rankenpflanzen und fand einen jungen Baum vor, der gut geschützt war vor den Blicken Reisender, die auf dem Weg blieben. An seinen Ästen hingen verschiedene Rohre. Rufus erkannte schnell, dass das Heulen mit dem Wind ab- und zunahm.

Er erinnerte sich an Botmar. Der hatte kurz bevor er Moortal verlassen hatte eine Geste gemacht, und es wirkte, als ob hierdurch ein Wind aufgekommen wäre, der die Bäume in Bewegung versetzt und die Vögel dazu gebracht hatte davon zu fliegen. Tatsächlich jedoch hatte er sich eines Wissens oder einer Wahrnehmung bedient, welche Rufus nicht bekannt war.

Nun schaute er auf die Rohre, wie sie hin und her schwangen und dabei ein unheimliches Heulen produzierten.

„Ein Trick", sagte er lächelnd.

Er fand auf den Weg zurück und hatte das Gefühl, sich mit neuen Augen umschauen zu müssen. Die in den Bäumen sitzenden Hexen waren vielleicht auch nur Puppen, die jemand dorthin gesetzt hatte. Geschirr und Besteck regten die Fantasie des ängstlichen Reisenden weiter an. Komische Symbole machten Angst vor Hexerei.

Rufus erinnerte sich an Ratbold. Der Narr hatte Phillip versichert, dass er ihn verzaubern könnte, so dass dieser ein Bettnässer bleiben würde. Die Angst in Phillip hatte dafür gesorgt, dass er tatsächlich ins Bett machte.

Unter der nächsten Hexe blieb er mutig stehen.

„Hallo", rief der Abenteurer verwegen und griff sich einen Stock vom Boden. Er warf ihn gegen die Hexe. Sie rührte sich nicht. Rufus hob einen Stein vom Boden auf und warf auch diesen. Die Hexe rührte sich nicht.

Erleichtert atmete Rufus auf und streckte sich zu seiner ganzen Größe durch. Das tat gut!

Jorid gab ihm von hinten einen Schubs. Mit einem Aufschrei machte Rufus einen Satz nach vorne. Dann erkannte er, was passiert war und lachte.

„Wenn es hier eine Hexe gibt", sagte er zu dem Pferd erleichtert, „dann bist Du das!"

Sie setzten ihren Weg fort. An einer großen Eiche war ein Wagenrad angelehnt, an dem ein Skelett mit Fesseln befestigt worden war. Rufus schluckte. Er näherte sich vorsichtig dem Rad. Das Skelett war das eines Menschen. Das Rad war übersät mit Symbolen, wie die Buchstaben einer ihm unbekannten Schrift. Der Schädel hatte einen fünfzackigen Stern auf der Stirn.

„Der ist echt", murmelte Rufus. „Aber ob er auch so gestorben ist?"

Er blickte sich um.

„Hier scheint jedoch vielmehr alles darauf ausgelegt zu sein, eine Geschichte zu erzählen", überlegte er laut und schaute wieder das Skelett an. „Von Hexen zu Tode gefoltert. Gefällt mir."

Nun schon fast sorglos spazierte Rufus mit Jorid durch den großen Wald, genoss die Stille und die Freiheit. Der Wald bot ihm Nahrung genug, sich über Hunger keine Gedanken machen zu müssen. Nur eine Frage quälte ihn: Würde er hier den Zauberer von Asenwald finden?

Der Abenteurer betrat eine große Lichtung. Große Steine grenzten den Bereich vom Wald ab. Ein Brunnen stand in der Mitte, dessen Wasser in eine Tränke fließen würde. Ein paar Bänke standen hier jeweils nahe der Steine, immer zwei zwischen den Wegen. Sechs Bänke in Folge waren überdacht, so dass man sich auch bei Regen hier aufhalten konnte.

Vier weitere Wege führten von der Lichtung fort. Jeder einzelne Weg war speziell gekennzeichnet für den, der darauf achtete, stellte Rufus fest. Der eine Weg war hier und da mit Besteck behangen, ein anderer mit Bechern. Ein weiterer war dadurch gekennzeichnet, dass an einem Baum Symbole eingeritzt worden waren und der vierte Weg war daran zu erkennen, dass hoch oben in den Bäumen eine Hexe saß. All diese Dinge wurden einem nur bewusst, wenn man darauf achtete, überlegte Rufus. Der Weg, von dem er gekommen war, enthielt keine Markierung.

Rufus bediente die Tränke, um Jorid mit Wasser zu versorgen.

„Vielleicht bleiben wir für heute erstmal hier", schlug der Abenteurer seinem Pferd vor.
„Vielleicht kommt der Zauberer von Asenwald ja hier vorbei, wenn er etwas zu trinken braucht."

Er setzte sich auf eine der überdachten Bänke, nur für den Fall, dass es noch zu regnen anfangen würde. So brauchte er sich nicht umzusetzen. Er kam zur Ruhe, entspannte sich, klärte seine Gedanken und verlor darüber das Zeitgefühl. Ehe er sich versah wurde es dunkel. Schließlich kauerte er sich auf der Bank zusammen. Sie war unbequem zum Schlafen, aber Rufus beschwerte sich nicht. Noch ließ die Hoffnung ihn alle Unannehmlichkeiten kommentarlos hinnehmen.

Als er aufwachte, stand jemand vor ihm in der Morgendämmerung und begutachtete ihn neugierig. Rufus schreckte hoch. Ein kräftiger Mann in wetterfester, schwarzer Kleidung schaute ihn mit wachen Augen an. Er hatte eine Glatze und einen buschigen, schwarzen Bart, unter dem ein Schmunzeln vermutet werden konnte und aus welchem eine Meerschaumpfeife schaute. Der Mann hatte eine Axt geschultert. Ein Messer hing an seinem Gürtel.

Rufus fiel rückwärts von der Bank, seine Gliedmaßen waren noch steif und ungelenk. Müdigkeit und Überraschung teilten sich sein Gesicht zu gleichen Teilen. Er kam wieder auf die Beine und versuchte, eine einigermaßen passable Figur abzugeben.

„Hast Du Dich verirrt?", fragte der bärtige Mann freundlich, ohne dass ihm dabei die Pfeife aus dem Mund fiel.

„Nein", antwortete Rufus kopfschüttelnd. „Ich suche den Zauberer von Asenwald."

„Na, da hast Du aber Glück", rief der Unbekannte lachend und nahm seine Pfeife in die Hand, „dass Du ihn in diesem großen Wald so schnell gefunden hast. War vielleicht gar nicht so doof, hier auf mich zu warten."

Rufus schaute den glatzköpfigen Mann mit der Axt skeptisch an.

„Du?", fragte er ungläubig.

Der Mann grinste breit.

„Erzählt mein Aussehen Dir eine andere Geschichte?", fragte er und schaute scheinbar völlig verwundert an sich runter und betrachtete dann die Axt in seiner Hand, als sähe er sie zum ersten Mal in seinem Leben.

Rufus fiel etwas ein.

„Wie heißt Du?", fragte er.

„Zelestin", rief der Mann triumphierend und zeigte dabei grinsend mit der Pfeife auf Rufus. Er wirkte, als würde er sich darüber freuen, etwas gewusst zu haben, was man ihm nicht zugetraut hätte. Gleichzeitig machte er genau dadurch auf Rufus den Eindruck, als würde er damit nur vorgeben, der Zauberer von Asenwald zu sein.

Der Mann kratze seinen buschigen Bart mit drei Fingern, während die anderen zwei Finger die Pfeife festhielten.

„Hm", sagte er in offensichtlich vorgespielter Nachdenklichkeit. „Meine Antwort scheint Dich nicht zu befriedigen, obwohl Du das gedacht hättest, nicht wahr?"

Ob dieser kräftige Mann ein Zauberer war oder nicht, er wirkte auf den Abenteurer Rufus sehr sympathisch.

Beide lachten.

„Du siehst nicht aus wie ein Zauberer", entgegnete Rufus. Die anfängliche Anspannung wich und er wurde wacher.

„Wie sieht ein Zauberer aus?", fragte der bärtige Mann unschuldig, machte dann eine abwehrende Geste, die Rufus vom Antworten abhalten sollte und formulierte eine neue Frage: „Wie sieht vor allem ein Zauberer aus, wenn er nackt ist?"

Die Frage brachte Rufus zum Nachdenken.

„Wie jeder andere vermutlich", entgegnete Rufus. „Aber Du bist nicht nackt. Und Du hast nicht die Kleidung eines Zauberers an, und ich würde auch nicht erwarten, dass ein Zauberer mit einer Axt durch den Wald läuft. Oder so kräftig aussieht."

„Gut beobachtet", antwortete der bärtige Fremde. „Ein Zauberer ist also jemand, der auf keinen Fall kräftig ist", sagte er herausfordernd und blickte Rufus dabei schelmisch an.

„Wenn Du es so sagst, klingt das nicht richtig", gab Rufus zu.

„Ein Zauberer", sagte der Fremde schmunzelnd, „der bei Schnee oder Regen in einer dünnen Robe umher läuft, ist sicher nicht der Schlauste."

„Aber wie wäre es, Rufus", schlug der kräftige Mann mit der Axt vor, „wenn Du mir erst mal deine Geschichte erzählst?"

Mit einer Geste schlug er vor, sich gemeinsam auf die Bank zu setzen, setzte sich seinerseits und lehnte die Axt neben sich an die Bank.

Rufus setzte sich neben ihn. Seine Geschichte zu erzählen würde niemandem schaden, und es würde nicht allzu viel Zeit und Mühe kosten. Er warf einen Blick auf Jorid. Das Pferd war ruhig und friedlich. Es untersuchte gerade einen großen Farn am Weg mit dem Besteck und machte nicht den Eindruck, den Ort verlassen zu wollen. Knapp nickte der Abenteurer und holte Luft.

Er erzählte dem bärtigen Fremden von Rufus, dem Müllsammler, dem Straßenfeger, dem Tellerwäscher und dem Stallknecht von Moortal im Königreich Magan, der den Pferden gerne Geschichten erzählte. Er sprach von dem Zauberer Botmar, der sein Dorf besuchte und dank seiner Erzählungen über den legendären Zauberer von Asenwald im vergessenen Königreich Odal Geld und Essen bekam.

Rufus erwähnte, wie Botmar ihm offenbarte, ebenfalls ein Zauberer zu sein und wie er diesem keinen Glauben schenkte. Er erwähnte auch Ratbold, den Narren, der seinerseits von Odal wusste und ihn dazu bewegte, die Reise nach Odal auf sich zu nehmen.

Er erzählte von dem Vogel, der ihm das Brot klauen wollte, einem versteckten Haus, in welchem er nicht willkommen war, von einem

Hang voller Sträucher, an dem er von einer Schlange gebissen wurde und von der Armee, die ihn gefangen nahm.

Er sprach von Melchior und wie dieser ihm zur Flucht verhalf und er sprach von Ida und Bruno, die ebenfalls Zauberer waren und ihm Essen gaben.

Er erklärte, wie er in einer Höhle einen magischen Baumpilz fand, der ihn zu einem See schickte, in dem er Nymphen antraf, die ihn ihrerseits zu einem Baumgeist schickten, wodurch er schließlich den Weg nach Odal fand.

Schließlich kam Rufus zu dem Teil der Geschichte, in welchem er von Jorid gefunden wurde und mit dem Pferd zur Burg geritten war, um den Zauberer von Asenwald zu treffen. Mit finsterer Miene berichtete er davon, wie er in der Burg empfangen wurde und zu genau den Arbeiten angehalten wurde, die er auch in Moortal hatte ausführen müssen – und dazu noch ein paar Aufgaben mehr.

„Aber deine Geschichte geht noch weiter", forderte der glatzköpfige Mann ihn auf weiter zu sprechen, nachdem Rufus verstummt war.

Der Abenteurer setzte seine Geschichte damit fort, wie er dann als letzte Möglichkeit betrachtete, den Wald aufzusuchen, in welchem er hoffentlich den Zauberer von Asenwald finden konnte. Er erwähnte die Hinweise auf eine wenig freundliche Bevölkerung des Waldes: das Heulen, das Geschirr und das Besteck an den Bäumen, die Hexen, sonderbare Symbole und ein Skelett am Wagenrad.

Auf den erwartungsvollen Blick seines Zuhörers erzählte Rufus dann schließlich noch, wie er auf die Lichtung gekommen war, sich dort schlafen gelegt hatte und von einem kräftigen Mann mit einer Axt und einer Pfeife geweckt worden war, dem er schließlich seine ganze Geschichte erzählt hatte.

Der Mann lächelte zufrieden.

„Toll", sagte er. „Danke für die Pfeife!"

Rufus schüttelte verständnislos den Kopf und schaute ihn fragend an.

„Eigentlich hatte ich gar keine", behauptete der bärtige Mann. „Erst jetzt, durch deine Geschichte. Weil Du die Pfeife erwähnt hast, ist sie real geworden. Noch schöner wäre es vielleicht gewesen, wenn Du erzählt hättest, dass ich sie auch geraucht habe."

Scheinbar enttäuscht blickte er in die Öffnung der Pfeife und untersuchte sie genau von allen Seiten.

„Unmöglich", sagte Rufus überzeugt.
„Geschichten können nicht die Realität ändern."

„Können sie nicht?", rief der Fremde mit weit aufgerissenen Augen. „Potzblitz! Dann bin ich umsonst Zauberer geworden. Was willst Du denn als Zauberer erreichen, wenn nicht eine andere Realität als die, die bereits existiert?"

Rufus dachte konzentriert nach. Was hatte Bruno ihm gesagt?

„Keine Geschichte kann die Wirklichkeit verändern", sagte er, „da diese viel stärker ist."

Der Mann mit dem schwarzen, buschigen Bart machte eine Einhalt gebietende Geste.

„Wirklichkeit", rief er und schüttelte den Kopf.
„Sprechen wir von Wirklichkeit oder Realität?"

„Gibt es da einen Unterschied?", fragte Rufus skeptisch.

Der Fremde antwortete nicht. Stattdessen drehte er sich um und deutete hoch in die Bäume.

„Sitzt dort oben eine Hexe?", fragte er.

„Nein", antwortete Rufus ohne sich umzudrehen.

„Das ist die Wirklichkeit", sagte der Mann und deutete auf Rufus, „und deine Realität. Aber wenn jetzt jemand kommt und diese Gestalt dort oben sieht und schreiend davon läuft – was ist seine Realität?"

Rufus dachte nach.

„Wirklichkeit ist, wie die Welt wirklich ist", erklärte der Glatzköpfige. „Realität ist, wie Du die Welt siehst."

„Jemand, der in der Realität ein König ist", schlussfolgerte Rufus, „ist in der Wirklichkeit nur ein Mensch wie jeder andere."

„Schon sehr gut", erwiderte der Mann mit der Pfeife anerkennend. „Und was deine Realität betrifft", sagte er und deutete auf Rufus, „so hast Du in deiner Geschichte sicher vieles nicht erzählt, obwohl es zu deiner Welt gehört."

Rufus blickte ihn fragend an. Unbewusst bewegte er eine Hand.

„Was hast Du da in deiner Tasche?", fragte der Fremde mit gespielter Unschuld.

Rufus hatte die Hand schützend über die Hosentasche gelegt, in welcher er Alfruns Brosche mit sich trug.

„Und auch andere Dinge gehören zu deiner Realität", sagte der Bärtige, ohne eine Antwort abzuwarten, „die nicht unbedingt wirklich sind."

Er winkte bei Rufus' fragendem Blick ab. „Mach Dir da jetzt keine Gedanken drüber. Wir werden nur zwei neue Silbermünzen in das Versteck legen müssen. Unsere Informanten sind es gewohnt, für ihre Mühen entlohnt zu werden."

Rufus machte große Augen und wirkte schuldbewusst.

„Ich wollte nicht", fing er an.

Der Mann mit der Pfeife winkte ab.

„Mach Dir keine Gedanken", beruhigte er ihn. „Ich sage Dir stattdessen nun, wie die Geschichte weitergehen wird. Du gehst jetzt wieder zur Burg und sagst, dass Zelestin bald wiederkommen wird. Und ja, tatsächlich wird man von Dir verlangen, ein wenig zur Hand zu gehen."

Er machte eine beschwichtigende Geste.

„Nicht so, wie Du denkst", sagte der Mann mit einem Blinzeln, „aber in einer Gemeinschaft müssen schon alle mithelfen. Du wirst sehen, wenn Du dieses Mal in die Burg gehst, dann werden die Leute dort Dich ganz anders behandeln."

„Und warum sollten sie das tun?", fragte Rufus argwöhnisch.

„Weil Du ihnen diese Pfeife zeigen wirst", erklärte der bärtige Mann. „Das wird alles ändern. Alles!"

Er drückte Rufus die Pfeife in die Hand und nahm seine Axt auf.

„Ich muss jetzt los", erklärte er und stand auf. „Wir sehen uns dann demnächst."

Mit diesen Worten verließ er die Lichtung, ohne sich noch einmal umzudrehen.

Rufus blieb zurück und starrte ungläubig die Pfeife an. Jorid trabte gemütlich zu ihm rüber.

Das Pferd schien zu spüren, dass die Reise bald wieder weitergehen würde.

Rufus blinzelte.

„Seltsamer als ein sprechender Pilz war das auch nicht, oder?", fragte er sich selbst, zuckte die Schultern und stieg auf die Bank. Jorid begab sich in Position.

Rufus fiel etwas ein: „Er kannte meinen Namen! Warum kennen alle meinen Namen?"

Kapitel 14: Welchen Preis willst Du zahlen?

Die Sonne schien und versprach einen warmen Tag.

Mit gemischten Gefühlen ritt Rufus zurück auf die Burg. Er wusste nicht, ob er dem bärtigen Mann mit der Axt auch nur ein Wort von dem glauben konnte, was er gesagt hatte. Ob die Menschen in der Burg ihn nicht einfach auslachen und wieder davonjagen würden, wenn er mit einer Pfeife wieder ankommen würde.

Wieder läutete die Glocke, und er vermutete, dass er damit angekündigt wurde. Er ritt in den Innenhof und stieg ab.

Diesmal betrat nur der stämmige, grauhaarige Mann mit einem grauen Hemd und einer schwarzen Hose den Hof. Er lächelte besonnen, während er sich Rufus näherte.

„Herzlich Willkommen", sagte er freundlich und streckte die Hand aus. „Ich bin Konrad."

Rufus zögerte, schluckte und schüttelte dann die Hand. Der Mann lachte. Er hatte anscheinend etwas anderes erwartet.

„Ich habe einen Mann im Wald getroffen", fing Rufus zögerlich an.

„Davon gehe ich aus", erwiderte Konrad amüsiert und hielt Rufus weiterhin die Hand hin.

Einen Augenblick lang schaute dieser verwirrt auf die ausgestreckte Hand. Dann kam ihm ein Geistesblitz: Er zog die Pfeife hervor, die er im Wald erhalten hatte, und drückte sie Konrad in die Hand. Als er sah, dass dieser die Pfeife offenbar kannte und erwartet hatte, ging es Rufus gleich besser. Er schien nochmal ein Stück zu wachsen, ihm wurde wärmer und die Welt um ihn herum schien bunter und heller zu werden. Ein Grinsen machte sich auf seinem Gesicht breit, das seiner Ansicht nach zu breit war, um nicht als dümmlich angesehen zu werden. Aber er konnte nichts dagegen machen.

Es wich jedoch auch gleich ein Stück weit einem überraschten Ausdruck als er beobachtete, wie Konrad die Pfeife an den Mund setzte und hinein blies. Ein lauter Pfeifton schallte durch die Luft. Die Glocke hörte auf zu läuten.

„Ich soll ausrichten, dass Zelestin bald wieder kommt", sagte Rufus.

Konrad verstaute die Pfeife in einer Tasche und nickte wissend.

„Noch einmal herzlich willkommen in Odal", begrüßte Konrad ein weiteres Mal den Neuankömmling mit Handschlag und einem vertraulichen Klopfer auf die Schulter. „Leider kann ich Dich gerade nicht selbst überall herumführen. Im Augenblick haben wir alle unsere Aufgaben und Beschäftigungen. Wir werden Dich ein wenig untereinander durchreichen. Das hat den Vorteil, dass Du uns alle schon mal ein Stück weit kennen lernst. Außerdem wirst Du dann auch gleich in die Arbeiten eingeführt, die wir hier täglich zu tun haben. Nimm uns nicht übel, wie wir das erste Mal auf Dich reagiert haben. Es gehört gewissermaßen zum Aufnahmeritual. Bringen wir doch dein Pferd erstmal in den Stall."

Rufus war damit einverstanden. Zu seiner Erleichterung war auch Jorid damit einverstanden. Das Pferd spürte wohl, dass es hier für eine Weile ein neues Zuhause gefunden hatte.

Vom Stall aus führte Konrad den Abenteurer ins nächste Gebäude. Hier fanden sie Räumlichkeiten wie Küche, Vorratskammer und Speisesaal vor. Es wirkte hier jedoch ganz anders als in Moortal.

In dem abgelegenen Dorf von Magan wurde mit
Hochdruck von einer Mahlzeit zur nächsten
gearbeitet, um all die Leute dort zu versorgen. Zeit
zum Säubern und Abwaschen gab es wenig, was
zu sehen und zu riechen war. Hier jedoch sah es
reinlich und ordentlich aus. Es liefen auch keine
Mägde wie aufgeschreckte Hühner hin und her.
Stattdessen standen zwei Frauen in der Küche.
Sie sahen nicht so aus, als wenn sie schwer mit
Arbeit beschäftigt waren. Und sie sahen auch
nicht so aus, als würde ihnen die Anwesenheit
Konrads in irgendeiner Weise Angst oder Druck
machen.

Die beiden Frauen schauten erst gleichmütig,
dann neugierig, als sie Rufus entdeckten. Rufus
hatte sie bereits bei seinem ersten kurzen Besuch
gesehen.

Die kräftig gebaute Frau mit den schwarzen,
welligen Haaren, die zu einer aufwendigen Frisur
hochgesteckt waren, trug ein blaues Spitzenkleid
mit weißem Saum und Kragen. Ihre Arme waren
verziert mit Stulpen aus Steinen in Blau, Grün
und Weiß.

Die Frau neben ihr trug ein grünes Hemd, eine
grüne Hose, und braune Stiefel. Ihre dunkelroten,
schulterlangen Haare formten einen einfachen
Seitenscheitel.

„Dies sind Marina und Gemma", stellte Konrad die Damen vor.

„Hallo Rufus! Wie schön, dass Du da bist", begrüßte Marina, die Frau in Blau, voller Herzlichkeit den Abenteurer und umarmte ihn. Sie hatte blaue Augen wie Meere, man konnte darin versinken.

„Freut mich auch", sagte Gemma, die Frau in Grün zu ihm und berührte ihn mit der locker geschlossenen Faust am Oberarm. Ihre Augen waren grün und funkelten wie Edelsteine.

„Vielen Dank", antwortete Rufus höflich und zurückhaltend. Die Kleider und Frisuren beeindruckten ihn und schüchterten ihn sogar ein wenig ein. In Moortal war es bereits Mode, wenn die Kleidung sauber war.

„Wir machen gerade das Essen fertig", erklärte Marina.

„Ihr seid also für die Küche zuständig?", fragte Rufus unsicher.

„Nein", sagten beide Frauen gleichzeitig energisch.

Konrad lachte.

„Wir sind alle für die Küche zuständig", erklärte er. „Jeder ist mal dran damit, Essen zu machen und jeder muss man den Besen in die Hand nehmen. Auch wenn nur die Frauen damit fliegen können."

„Ich verstehe", sagte Rufus ein wenig beschämt.

„Das kannst Du ja nicht wissen", sagte Gemma lachend. „Es läuft hier ein wenig anders als bei Dir zu Hause. Wo kommst Du überhaupt nochmal her?"

„Aus Magan", antwortete Rufus.

„Magan", wiederholte Marina nachdenklich. „Das kleinste Königreich der Welt. Hatten wir schon mal jemanden aus Magan hier?"

„Ratbold", sagte Rufus automatisch und sorgte damit für Erstaunen bei den Anwesenden. Es war ihm ein wenig peinlich, dass ihm das herausgerutscht war, aber nun wollte er es auch erklären und fügte hinzu: „Er ist der Hofnarr des Königs."

„Das war wohl vor meiner Zeit", sagte Gemma und auch Marina schüttelte den Kopf, während sie überlegte, ob sie von diesem Ratbold schon einmal gehört hatte.

„Ich erinnere mich", sagte Konrad nachdenklich. „Zäher Kerl. Seltsamer Humor, aber davon jede Menge. Hat sich Mühe gegeben, hatte aber nicht wirklich Potenzial. Ich weiß auch gar nicht, wie er zu uns gelangt ist. Keiner hat ihn aufgesucht."

Er unterbrach seinen Gedankengang.

„Gut, ich muss weitermachen", sagte er und wandte sich Rufus zu. „Ich hoffe, Du lebst Dich ein und wirst einer von uns. Ich freue mich schon!"

Damit verschwand er durch die Tür und ließ Rufus mit Marina und Gemma alleine.

„Seid Ihr alle hier Zauberer?", fragte Rufus unsicher.

„Zauberer ist nur ein Wort, Rufus", erklärte Marina verständnisvoll. „Jeder Mensch ist von Natur aus ein Zauberer. Wir alle erzählen Geschichten. Wir erzählen anderen Geschichten, und wir erzählen uns selbst welche."

„Wir alle erschaffen uns alle eine Realität", ergänzte Gemma, „in der wir Dinge benennen und als gut oder schlecht bewerten, ihnen Sinn und Zweck nach unserem Glauben zuweisen. Eine Realität, in der wir uns Erklärungen für Erlebnisse zurechtlegen und diese dann für wahr halten."

Rufus dachte an die Geschichte vom falschen König, die Bruno ihm am Feuer erzählt hatte.

„Obwohl die Wirklichkeit eine andere ist", fügte er hinzu.

„Meistens", stimmte Gemma zu.

„Botmar sprach von Legenden", erzählte Rufus, „wegen derer er nach bestimmten Zauberern suchte. Gibt es über Euch alle hier auch Legenden?"

Die Frauen lachten zu seiner Verwunderung.

„Das kann man so sagen", sagte Marina amüsiert. „Aber jetzt kannst Du erst einmal deine eigene Legende schreiben. Weißt Du, wie man Kartoffelsuppe macht?"

„Ja", antwortete Rufus.

„Gut", sagte Marina schelmisch und deutete auf eine Tür. „Hinter der Tür sind unsere Gärten.

Ernte alles, was Du für deine Kartoffelsuppe brauchst. Und wir zeigen Dir alles, was Du zum zubereiten brauchst. Wir werden vier Personen sein. Kriegst Du das hin?"

„Sicher", erwiderte der Abenteurer.

Er schaute zwischen Marina und Gemma hin und her, bis diese ihm mit einem Nicken zu verstehen gaben, dass er loslegen konnte.

Rufus durchquerte die Küche und öffnete die Tür zu den Gärten, die hinter der Burg lagen.

Ein großes Feld offenbarte sich ihm, in dem alles wuchs, was man brauchte. Es war ein idyllischer Anblick. Die Sonne strahlte auf das Feld und sorgte für eine einzigartige Atmosphäre. Am Horizont standen dunkle Berge, an denen sich düstere Gewitterwolken sammelten, doch sie schienen nicht auf die Burg zuzukommen und sorgten für einen noch bedeutungsvolleren Kontrast zu dem von Sonne überfluteten Feld der Fülle.

Zu Rufus' Rechten waren neben einem Brunnen Eimer und Körbe verschiedener Größe in einem kleinen, halb offenen Verschlag untergebracht, so nahm er sich einen Korb und begann, nach seinen Zutaten Ausschau zu halten.

Er sammelte alles ein, was er zu brauchen meinte und kehrte anschließend zur Küche zurück.

Es gab hier eine kleine und eine große Feuerstelle. Marina und Gemma hatten bereits beide Feuerstellen vorbereitet. Auf einem großen Tisch standen ein großer und ein kleiner Topf.

Auch verschiedene Kräuter und Gewürze waren hier vorhanden, in Bündeln auf dem Tisch liegend, in Beuteln oder in keinen Dosen.

„Nimm alles, was Du von den Kräutern und Gewürzen brauchst", sagte ihm Gemma freundlich mit einer entsprechenden Geste. „Der kleine Topf ist für deine Kartoffelsuppe."

Marina stellte ihm mit einem herzlichen Lächeln ein Brett und ein Messer dazu und sagte: „Den Eimer unter dem Tisch kannst Du für den Abfall benutzen."

Rufus fing an, seine Kartoffelsuppe zuzubereiten. Er bereitete seine geernteten Kartoffeln, Karotten, Sellerie, Lauch und Zwiebeln zu, gab sie in den Kessel und begutachtete die vielen Kräuter und Gewürze, die ihm zur Verfügung standen. Bekannte und fremde Gerüche stimulierten seine

Nase, die er einmal zu tief in eine Dose hielt. Er nieste ein paar Mal. Die Frauen lachten.

„Wenn Du so weiter machst, brauchst Du kein Wasser mehr", scherzte Gemma und stellte ihm einen Eimer Wasser hin. „Wenn Du aber doch noch mehr Wasser brauchst, weißt Du ja, wo der Brunnen ist."

Die Feuerstellen führten jetzt bereits Feuer und warteten nur noch darauf, die Töpfe erhitzen zu dürfen.

Als Rufus seine Suppe für fertig vorbereitet erachtete, stellte er seinen Topf auf die kleine Flamme.

Gemma und Marina hievten gemeinsam den großen Kessel auf die große Feuerstelle daneben.

„So, jetzt brauchen wir schon fast nur noch zu warten, abzuschmecken und nachzuwürzen", erklärte Marina und lehnte sich an die Arbeitsfläche hinter ihr.

Eine Weile genossen sie gemeinsam die Stille. Dann tauschten Gemma und Marina sich aus über Mode und Schmuck sowie Kunst und Architektur der verschiedenen Königreiche. Schließlich schwiegen sie wieder.

„Wie bist Du hierher gekommen?", wandte Rufus sich an Marina.

Marinas Blick wurde ernster. Sie raffte ihr Kleid, strich es wieder glatt und verschränkte die Arme vor der Brust bevor sie anfing.

„Geboren und aufgezogen wurde ich auf hoher See", begann sie und ihr Blick wanderte in die Unendlichkeit, als würde sie dort sehen, was sie zu erzählen begann. „Mein Vater war ein reicher Händler der Abadi-Flotte und meine Mutter eine Heilerin. Die Abadi waren ein ganzes Volk von Seefahrern, die das Meer als ihre Heimat ansahen. Wir bereisten die Welt und handelten mit allen Völkern. Es war eine glorreiche Zeit. Aber der Reichtum unseres Volkes zog die Aufmerksamkeit vieler Neider auf sich. Mein Vater wurde in einem Handel immensen Ausmaßes betrogen und musste fortan hart arbeiten, um unser Überleben zu sichern. Wir wurden auf ein Schiff am Ende der Flotte umgesiedelt."

Marina schlug die Augen nieder und fuhr mit zitternder Unterlippe fort: „Dann begannen die Kriege. Mein Vater meldete sich freiwillig. Er hatte die Hoffnung, unserer Familie damit wieder Ruhm und Reichtum bescheren zu können. Doch er gehörte zu einer kleinen Flotte von Schiffen, die in einer Verzweiflungstat unserer Führer bereitwillig geopfert wurde, um so eine größere Schlacht zu gewinnen. Meine Mutter und ich mussten die Flotte verlassen. Das erschien uns wie eine harte Strafe, doch es war unser Glück, denn wenig später wurde bereits die gesamte Abadi-Flotte vernichtend geschlagen, und die wenigen Überlebenden unseres Volkes wurden in alle Welt zerstreut."

Marina blickte wieder auf, fasst sich und erzählte weiter: „Wir überlebten, indem wir unser Wissen und unsere Geschichten unseres Volkes weitergaben. Wir reisten ein paar Jahre durch die Lande und hatten ein leichtes Leben. Wir waren frei und bestimmten unser Schicksal selbst. Man kannte uns. Zu diesem Zeitpunkt machte Zelestin sich wohl auf, uns zu treffen. Meine Mutter war jedoch bereits von einem bis dahin unbekannten Fieber befallen. Als Zelestin uns fand, übergab ich meine Mutter gerade der See."

Mit ihren tiefen, meerblauen Augen schaute sie Rufus an. „Zelestin nahm mich mit nach Odal", berichtete sie weiter. „Hier studierte ich die Kunst und das Handwerk des Erzählens und viele andere Dinge. Ich fand hier eine neue Heimat, eine neue Familie und eine gute Aufgabe, die mich erfüllt. Wir lenken die Geschicke der Welt!"

Den letzten Satz sagte sich gleichermaßen stolz wie auch humorvoll mit einem Blinzeln.

Rufus schluckte. Marinas Geschichte hatte ihn tief berührt. Er fühlte sich, als ob er dabei gewesen war.

Ein weiteres Mal strich Marina ihr Kleid glatt. „Und das ist die perfekte Überleitung zu der Geschichte einer Prinzessin", erklärte sie in einem freudigen Ton und wies mit beiden Händen auf Gemma, die sich gerade einen großen Löffel nahm, um in den Töpfen zu rühren.

Rufus machte große Augen.

„Eine Prinzessin?", fragte er ungläubig.

„Ganz recht", antwortete Gemma gleichmütig und blickte beim Rühren in die Töpfe. „Ich bin die Tochter König Leos von Torina. Oder vielmehr eine seiner Töchter. Allerdings hatte ich als eine der wenigen das Privileg, wenn man es so nennen kann, am Hofe zu leben und Politik zu lernen. Für mich war es eher eine Folter, denn ich lernte schnell, wie Politik eingesetzt wird, wem es dient und wem nicht. Wer ungestraft Greueltaten begehen darf und wer wegen Nichtigkeiten den Kopf verliert, oder sogar einfach wegen der Handlungen eines anderen."

Die Suppe aus dem großen Topf schmeckte sie kurz ab, bevor sie fortfuhr: „Ich sollte zu einer Diplomatin ausgebildet werden. Das sind Leute, die Kontakte mit anderen Königreichen herstellen, aufrecht erhalten, freundliche Beziehungen pflegen und Verhandlungen einleiten. Man könnte aber auch sagen, sie sind dazu da, um die skrupellosen Interessen des eigenen Landes durchzusetzen und dafür möglichst geschickt zu lügen und zu feilschen."

„Ich war gut darin", sagte sie nicht ohne Stolz und blickte Rufus dabei unverblümt in die Augen. „Aber es gefiel mir nicht. Die Spielereien um Macht, Ruhm und Reichtum hatte ich von ihrer schlechtesten Seite kennengelernt. Auch wenn ich einsah, dass sie eine gewisse Berechtigung hatten. Jedes Königreich spielt seine Spielchen, und wer da nicht mitspielen will, der sollte besser kein Königreich führen wollen, denn dann wird es untergehen!"

Mit diesen Worten streute sie ein paar Kräuter in die Suppe des großen Topfes und rührte diese ein.

„Der Höhepunkt meiner beruflichen Laufbahn fand statt, als ich vor Gericht einen Bauern verteidigen sollte", erzählte sie weiter, „der mit anderen Bauern Felder getauscht hatte. Ein einfacher Fall. Ein fairer Handel. Der Bauer zeigte die Vorteile seiner Äcker auf und fand die Nachteile der Äcker der anderen. Sein Vergehen war kein weiteres, als dass er gut reden konnte. Er konnte die Dinge in einem Licht darstellen, in welchem sie für den Betrachter wertvoll erschienen. Das ist nun mal ungewöhnlich für einen Bauern und so fühlten sich die anderen hinterher von ihm betrogen. Obwohl der Fall mir so klar und einfach erschien, hab ich all mein Wissen und Können in meine Verteidigungsrede gelegt. Ich nahm den Fall sehr ernst und wichtig, und ich hätte nicht verlieren können."

Sie warf Rufus einen Blick zu, der ihm verriet, dass es anders gekommen war. Sie nahm noch ein Bündel Kräuter und ein kleines, sichelförmiges Messer zur Hand.

„Mein -", fing sie an und korrigierte sich sofort betont, „der König ließ den Bauern hinrichten."

Gemma machte einen harten Schnitt und entfernte so die Teile von den Kräutern, welche in die Suppe gehörten. Die übrig bleibenden Stiele in ihrer Hand warf sie mit Energie in den Eimer.

Rufus blieb der Mund offen stehen. Sein Blick stellte bereits die Frage, doch seine Zunge kam nicht hinterher. Gemma beantwortete die Frage trotzdem.

„Er wollte mir zeigen", erklärte sie ihm, „dass es manchmal keine Rolle spielt, wie gut Du Dich vorbereitest, was Du weißt und was Du kannst. Manchmal bist Du dem Schicksal ausgeliefert und kannst nichts dagegen tun, obwohl Du alles getan hast. Das hielt er für eine wichtige Lektion für die Arbeit in der Politik."

Rufus schüttelte den Kopf. „Und dafür ließ er einen Unschuldigen hinrichten?", brachte er ungläubig heraus.

Gemma schnaubte. „Das war beileibe nicht sein einziges", sagte sie und holte tief Luft, „Bauernopfer."

Dann fand Gemma zu ihrer lässigen Haltung zurück, rührte in der Suppe und schmeckte ab. Sie streute noch etwas Salz hinein und schmeckte noch einmal ab.

„Das ist Politik", erklärte sie achselzuckend. „Es geht nicht um Menschen. Es geht um Ziele. Und für so manches Ziel opfert man auch mal eine ganze Armee."

Rufus atmete tief durch. „Das wusste ich nicht",
flüsterte er.

Gemma warf ihm einen belustigten Blick hinüber.
Ihre Augen schienen dabei wie Edelsteine
aufzublitzen.

„Das wissen fast nur die, die es tun", entgegnete
sie. „Ich bin dann jedenfalls geflohen. Übrigens
direkt in Botmars Arme, kann man so sagen. Das
war womöglich mein Glück, denn mit dem
Überleben in der Wildnis kannte ich mich nun
wirklich nicht aus."

„Das wirkt ganz anders auf mich", staunte Rufus.

„Inzwischen", lachte Gemma, „ist die Wildnis ein
zu Hause für mich geworden. Der Wendepunkt in
meinem Leben – in meiner Geschichte – kam mir
gerade recht, und so war ich nur allzu bereit,
mich an neue Umstände anzupassen und ein
vollkommen neues Leben zu beginnen."

„Das Leben schreibt die besten Geschichten",
kommentiert Marina in einem dankbaren Tonfall
und nahm Gemma liebevoll in den Arm. „Merk Dir
das, Rufus!"

Kapitel 15: Wie kocht man Geschichten?

Der Tisch war voll besetzt, was Rufus gleich verunsicherte. Er hatte eine Suppe für vier Personen gekocht, und nun war hier für neun Personen gedeckt worden. Fünf davon saßen bereits an ihren Plätzen, sprachen und lachten miteinander. Rufus kannte sie schon vom Sehen; da war Konrad, der ihn vorhin kurz herumgeführt hatte und die anderen vier, zwei Frauen und zwei Männer, die ihn bei seiner ersten Ankunft bereits in Empfang genommen hatten.

Gegenüber von ihm öffnete sich eine Tür. Zelestin kam herein, strahlte ihn über beide Ohren an und präsentierte sich: Er trug eine Robe in allen Farben des Regenbogens, hob die Hände und machte damit seltsame Gesten, als wolle er etwas vor sich öffnen, etwas aus der Luft über ihm ergreifen und dann etwas unsichtbares auf Rufus zu stoßen. Dann deutete er an sich hinab.

„Zur Feier des Tages", erklärte er fröhlich. „So sieht ein Zauberer aus, richtig?"

„Ja, genau so", lachte Rufus und stellte seine Suppe auf den Tisch.

Marina und Gemma trugen ihrerseits den großen Topf zum Tisch, in welchem sie gemeinsam eine

Suppe gekocht hatten. Während sie sich setzten, stand der schlanke und hochgewachsene Mann mit den langen schwarzen Haaren und dem Spitzbart auf. Er trug ein feuerrotes Gewand und sah damit ebenfalls wie ein Zauberer aus.

„Ich bin Furio", verkündete er und funkelte Rufus dabei an, obwohl er damit nicht unfreundlich wirkte, Rufus aber doch ein wenig einschüchterte. Nach einem leichten Zögern streckte er die Hand über den Tisch und ließ Rufus sie schütteln.

Auch die anderen standen auf.

Die hochgewachsene Frau im weißen Rüschenkleid nahm Rufus direkt in den Arm und stellte sich als Adelheid vor. Ihre Augen strahlten Herzlichkeit und Ruhe aus.

Die kleinere Frau im violetten Spitzenkleid, das mit glitzernden Steinen besetzt war, wirkte ebenfalls sehr herzlich, schien jedoch auch eine innere Traurigkeit mit sich zu führen. Sie berührte Rufus an den Oberarmen. Belladonna war ihr Name.

Raimund war der breite und große Mann mit den kurzen blonden Haaren. Er steckte in einem gelben Hemd und einer braunen Hose. Jetzt wirkte er nicht mehr so ernst wie bei ihrer ersten Begegnung.

Der letzte, der sich mit kräftigem Handschlag vorstellte, war Reinward. Er hatte lange rote Haare, die zu einem Hochzopf geflochten waren, einen Vollbart und steckte in einem orangen Hemd und in einer schwarzen Hose. Er war wie Raimund sehr kräftig und hatte bei der ersten Begegnung eine Hellebarde geführt. Seinen starken Händedruck vergaß man nicht, stellte Rufus fest.

Marina füllte in der Zwischenzeit die Schalen mit der Suppe, die Rufus gekocht hatte. Allerdings, so musste Rufus feststellen, waren die Schalen nicht einmal bis zur Hälfte gefüllt.

„Ist schon richtig so", beruhigte Marina ihn, die seinen fragenden Blick sah und ihm zublinzelte.

„Ja, lasst es Euch schmecken", rief Zelestin freudig und griff beherzt zu der Schale vor ihm.

Rufus hatte das Gefühl, dass ihm hier etwas entging, sowas wie ein Scherz, den nur Eingeweihte verstanden. Doch alle griffen zu ihren Schalen und kosteten von seiner Suppe, so tat er es ihnen gleich.

Für einen Augenblick dachte er an Albrun und schaute ins Leere, während er seine Schale langsam leerte. Dann schaute er erstaunt auf. Ein leises Lachen ging durch die Runde, als Furio seine Suppe in die Schale von Raimund kippte. Er lächelte dabei, aber es wirkte wenig humorvoll. Raimund aß die Suppe auf, ohne eine Miene zu verziehen. Reinward gab seine Suppe zurück in den Topf, aus dem sie gekommen war. Zelestin warf neugierige Blicke in die Runde und lächelte dabei verschmitzt.

„Gut, Rufus", sagte der Mann in der regenbogenfarbenen Robe schließlich mit einem Blinzeln. „Wie hat uns deine Suppe denn nun geschmeckt?"

Konrad füllte nun die Schalen nach, allerdings mit der Suppe, die von Gemma und Marina zubereitet worden waren.

„Das ist Kartoffelsuppe", antwortete Rufus in einem Tonfall, der klar machte, dass er nicht wusste, auf was Zelestin hinaus wollte. Seine Worte brachten die anderen am Tisch dazu, herzhaft zu lachen, was er mit Verwunderung quittierte.

„Ja", sagte Zelestin langgezogen. „Das ist deine Geschichte!"

Wieder lachten die anderen.

„Ich verstehe nicht", gab Rufus zu.

Konrad stellte ihm seine Schale hin und Zelestin deutete darauf, als Aufforderung, sie zu probieren.

Unsicher blickte Rufus umher. Marina und Adelheid forderten ihn ebenfalls still zum Kosten auf und lächelten dabei wohlwollend. Die anderen sahen ihn aufmerksam an.

Rufus probierte. Seine Augen wurden größer. Er blickte in die Schale und begutachtete den Inhalt. Er ließ sich Zeit damit, den Geschmack des ersten Löffels auszukosten.

„Das ist ...", begann er und stockte.

„Das", sagte Gemma verschmitzt, „ist Kartoffelsuppe!"

„Das ist das beste, was ich je gegessen habe", brachte Rufus schließlich hervor. Alle lachten, und er lachte mit.

Bedeutungsvoll lehnte Zelestin sich vor und erhob den Finger. „Und was würdest Du sagen", fragte er herausfordernd, „wenn Geschichten erzählen genau so funktioniert wie eine außergewöhnlich gute Kartoffelsuppe zu kochen?"

„Dann muss ich erstmal lernen, Kartoffelsuppe zu kochen?", fragte Rufus trocken und brachte die Anwesenden damit wieder zum Lachen.

„Naives Kind", murmelte Furio vorwurfsvoll, nahm seine Schale und verließ den Raum. Rufus schaute ihm verwirrt nach, doch Zelestin winkte ab.

„Du musst lernen", erklärte Belladonna im verständnisvollen Tonfall, „dass jede Geschichte bestimmte Zutaten braucht, um dem Publikum zu schmecken."

„Nicht jede Zutat passt in jede Geschichte", erklärte Adelheid mit sanftem Lächeln, „und nicht an jede beliebige Stelle."

„Du solltest nicht nur unterscheiden können, was für eine Suppe Du kochen willst, sondern auch, ob es überhaupt eine Suppe werden soll", meldete sich Konrad mit einem Zwinkern zu Wort. „Wenn Du ein Brot backen willst, dann brauchst Du völlig andere Zutaten als für Kartoffelsuppe. Du kannst nicht einfach Kartoffelsuppe machen und sie zum Brot erklären."

„Verstehe das richtig", sagte Zelestin mit einer beschwichtigender Geste, als er Rufus' ernüchternden Blick sah. „Du bist nur deswegen hier, weil wir von Dir gehört haben. Und wir haben nur von Dir gehört, weil Du eine einzigartige Art hast, Geschichten zu erzählen. Wir sehen in Dir ein großes Potenzial, Menschen zu bewegen, ihnen Mut und Hoffnung zu machen und sie in die richtige Richtung zu lenken. Aber ohne die notwendigen Werkzeuge dazu wirst Du keinen dauerhaften Effekt in die Welt bringen können. Die Menschen werden deine Geschichten hören, kurz beeindruckt sein, vielleicht bewegt, und dann gehen sie wieder ihrem Leben nach. Wir bieten Dir die Möglichkeit, ein Zauberer zu werden, der einem zerstörten Leben wieder Kraft für einen Neuanfang gibt, einen Gefangenen zu einem freien Menschen macht, letztendlich vielleicht sogar Kriege verhindert!"

Rufus war verunsichert. Er schwankte zwischen der Hoffnung, Großes bewirken zu können und der Angst, mit der Aufgabe vollkommen überfordert zu sein.

„Das Gold ist bereits in Dir", flüsterte Belladonna bedeutungsvoll. „Man muss es nur noch vom Schmutz befreien und in eine schöne Form bringen."

Rufus schaute an sich hinab, als wäre das Gold vielleicht schon irgendwo erkennbar. „Und wie mache ich das?", fragte er schließlich leise.

„Iss auf!", forderte Zelestin ihn motiviert auf. „Danach zeige ich Dir, wo Du demnächst viel Zeit verbringen wirst."

Kapitel 16: Was brauchst Du?

Die Halle war so groß wie ein ganzes Haus! Auf mehreren Etagen standen dicht an dicht Regale voller Bücher. Die Bücher in den höheren Etagen waren über Treppen und Laufstege erreichbar. Einige Bücherregale führten auch von der Wand in den Raum hinein und unterteilten die Halle auf diese Weise in mehrere Bereiche. In der Mitte eines jeden Bereiches stand ein Tisch mit Stühlen.

Theatralisch breitete Zelestin die Arme aus und deutete auf alles um sich und Rufus herum. „Die Werkzeuge des Zauberers", rief er. Stolz lag in seiner Stimme und seine Augen blitzten.

Der wilde und verwegene Abenteurer fühlte sich in diesem Augenblick kein bisschen wild und verwegen, er fühlte sich stattdessen sehr klein und hilflos.

„Kannst Du lesen?", fragte Zelestin.

Rufus schaffte es unter Anstrengung, zu nicken. „Einzelne Sätze, ja. Ich habe aber noch nie ein ganzes Buch gelesen", sagte er leise und schüttelte dann den Kopf. „Wie soll ich all diese Bücher lesen, und wie soll ich all das Wissen darin in mich aufnehmen?"

Zelestin lachte. „Keine Sorge", entgegnete er mit einer beruhigenden Geste. „Du musst nicht all diese Bücher lesen. Dein Leben wäre auch überhaupt nicht lang genug dafür. Wenn Du es schaffst, die genau zu Dir passenden Bücher zu finden, dann reichen bereits zehn davon. Theoretisch wahrscheinlich weniger. Rechne aber besser mit ein paar mehr Exemplaren."

Rufus schluckte eingeschüchtert. „Nicht lang genug", wiederholte er leise.

„Viel wichtiger als das Lesen wird das Anwenden werden", erklärte Zelestin. „Du wirst vermutlich noch mehr Zeit in den Dörfern verbringen als hier."

„Anwenden?", fragte Rufus.

„Geschichten erzählen", grollte Furio, der sich von hinten näherte. Er hielt ein Buch in der Hand. Als er Rufus und Zelestin erreichte, funkelte er Rufus wütend an. „Oder warum bist Du hier? Kein Wissen der Welt ist etwas wert, wenn Du es nicht nutzt."

Der Mann im feuerroten Gewand baute sich vor dem Abenteurer auf und schlug sanft aber bestimmt das Buch gegen dessen Brust. Rufus hielt es reflexartig fest. Furio ließ es los, wandte sich ab und verließ den Raum. Auf dem Weg zog er noch im Vorbeigehen ein anderes Buch aus einem Regal, dann war er wieder verschwunden.

Zelestin warf einen neugierigen Blick auf das Buch, das Rufus festhielt. „Ein Standardwerk", kommentierte er. „Die wichtigsten Grundlagen. Ja, damit kann man anfangen."

Rufus blickte Furio nach. „Was hat er gegen mich?", fragte er.

Zelestin hob belustigt die Augen. „Furio hat etwas gegen Dich?", fragte er.

Rufus nickte eifrig. „Er nannte mich beim Essen ein naives Kind und verließ den Raum. Er schaut mich die ganze Zeit über grimmig an. Schon bei meiner ersten Ankunft hier hat er mir ganz deutlich gezeigt, wie unwillkommen ich bin."

Der Mann in der regenbogenfarbenen Robe schüttelte sich vor Lachen. „Für die Rolle ist er bestens geeignet, nicht wahr?", rief er. „Auch das ist wichtig, Rufus: Deine Geschichten müssen zu Dir passen!"

Rufus kniff die Lippen zusammen.

Zelestin beruhigte sich und erklärte ernster: „Du weißt ja bereits, dass die erste Ankunft hier im Prinzip dazu da ist, um Dich wieder fortzuschicken. Furio ist sehr temperamentvoll und geht in dieser Rolle auf. Aber lass mich Dir eines sagen, Rufus: Du bist der Erste, dem er sich bei der Kartoffelsuppe mit Handschlag vorgestellt hat. Und Du bist der Erste, dem er ein Buch empfohlen hat. Er wird wohl denken, dass Du damit etwas anfangen kannst. Und er hat es Dir mit den für ihn typischen Nachdruck ans Herz gelegt!"

Er deutete auf das Buch, das Rufus bisher immer noch an seiner Brust gehalten hatte und nun vor sich hielt, um es zu begutachten. Er hatte die Situation nicht als freundschaftliche Buchempfehlung empfunden. Doch Zelestins Worte warfen ein anderes Licht auf die Geschichte.

„Tatsächlich scheint er sogar eine hohe Meinung von Dir zu haben", äußerte Zelestin seine Vermutung, „auch wenn er das in deinen Augen nicht besonders herzlich zeigt. Du findest vielleicht eines Tages heraus, warum Furio so ernst und aufbrausend ist. Lasse Dir bei Gelegenheit seine Geschichte erzählen. Frag ihn danach!"

Rufus hatte noch Zweifel, doch er nickte vorsichtig.

Zelestin blickte Rufus mit einem Mal scharf an. „Du brauchst einen Namen", sagte er schließlich voller Überzeugung.

„Ich heiße Rufus", entgegnete Rufus ernst.

„Ich heiße Rufus", wiederholte Zelestin im gleichen Tonfall. „Und das ist Kartoffelsuppe", fügte er in der gleichen Betonung hinzu.

Rufus musste lachen, stockte und schaute dann nachdenklich in die Luft. „Namen haben Bedeutungen", erinnerte er sich laut an die Worte Melchiors. „Wir richten uns danach, ob bewusst oder nicht. Sie sind wie Geschichten."

Zelestin nickte strahlend. „Sehr gut", lobte er. „Und wessen Geschichte werden die Leute wohl automatisch als wertvoller betrachten? Die von einer Taube oder die von dem Himmlischen?"

Bei den letzten Worten richtete er sich zur vollen Größe auf und wirkte einen Augenblick wie ein majestätischer Herrscher.

„Ich -", begann Rufus.

„Nicht Du", unterbrach ihn der Zauberer in regenbogenfarbener Robe. „Die Leute! Wie auch immer - Bücher über Namen und deren Bedeutungen findest Du irgendwo da hinten." Mit diesen Worten deutete er vage in eine hintere Ecke der Halle. „Aber beschäftige Dich ruhig erstmal mit den Grundlagen." Damit tippte er dann auf das Buch in Rufus' Hand.

Rufus nickte.

„Du fängst am besten gleich an, denn Du willst ja keine Zeit verlieren, richtig?", fragte Zelestin mit einem Blinzeln und ließ Rufus keine Zeit zum Antworten. „Setz Dich gleich hin und fang an zu lernen. Konrad wird Dich später hier aufsuchen und Dir dein Quartier zeigen.

Zelestin stürmte geradezu davon und ließ den Abenteurer allein zurück in der großen Halle.

Rufus schaute sich um und zog ein wenig den Kopf ein bei der gewaltigen Menge an Wissen um ihn herum, aus welcher es galt, weise auszuwählen. Er legte das Buch in seiner Hand auf einen Tisch und begab sich in die Richtung, in die Zelestin gezeigt hatte.

Rufus saß lange Zeit vor den zwei aufgeschlagenen Büchern und bemerkte Konrad erst, als dieser sich auf einen Stuhl ihm gegenüber setzte.

„Zeit die Pferde zu satteln, Kamerad", sagte Konrad und zeigte sich interessiert an den Büchern, die Rufus vor sich legen hatte. Dann winkte er ab. „Ich weiß, Du sattelst dein Pferd nicht. Ich meins schon."

„Ich hab nur kein Zaumzeug", erklärte Rufus und fühlte sich ein wenig überrumpelt.

Konrad winkte ab. „Wenn's weiter nichts ist - das bekommst Du."

„Zelestin sagte, Du würdest mir mein Quartier zeigen", warf Rufus ein, denn er fühlte sich auf einmal sehr müde.

„Das hat doch Zeit", warf Konrad in einem Tonfall ein, der Rufus aufhorchen ließ, als wolle Konrad einen Scherz machen. „Erstmal frühstücken wir, dann reiten wir nach Silbernau", erklärte er und klang dabei betont normal.

„Frühstücken?", rief Rufus aus.

„Ja, es ist bereits Morgen. Du hast die komplette Nacht hindurch gelesen. Wenn man sich das erste Mal in die Bibliothek setzt", erklärte Konrad heiter, „dann vergisst man die Zeit. Entweder verbringt man tatsächlich die ganze Nacht mit Lesen, oder man schläft über den Büchern ein. Deswegen bin ich auch gestern Abend nicht mehr gekommen. Das ging uns allen so. Naja, nun komm. Wir haben keine Zeit zu verlieren. Du kannst dein Talent nachher gleich unter Beweis stellen. Was Du brauchst, ist vor allem die praktische Anwendung deines Könnens!"

Zu verwirrt, um Widerspruch einzulegen, ließ Rufus es um sich geschehen. Beim Frühstück war er geistig abwesend und bekam die Gespräche der anderen überhaupt nicht mit. Er fühlte sich wie in einem Traum. Wenig später nahm Konrad ihn bereits mit zu den Ställen. Sie sattelten die Pferde und ritten los. Die Zeit verging für ihn wie im Flug. Schon erreichten sie Silbernau, banden ihre Pferde fest und suchten einen Händler auf.

Rufus bekam nur am Rande mit, wie Konrad sich mit dem von Fellen behangenen, stämmigen Mann unterhielt und Scherze trieb. Was die beiden schließlich für einen Handel verhandelten, entging seiner Aufmerksamkeit.

„Wir können jedoch erst nächste Woche bezahlen", erklärte Konrad in einem Tonfall der Wichtigkeit, der Rufus ein wenig in die Wirklichkeit zurückholte. Doch er schreckte trotzdem auf, als Konrad ihm unvermittelt die Hand gegen die Schulter schlug und von ihm forderte: „Los, erklär's ihm!"

Rufus war, als wache er aus seinem Traum aus. Mit großen Augen schaute er zwischen den beiden Männern hin und her. Konrad schaute ungewöhnlich ernst. Eine Art von Dringlichkeit lag in seinem Blick.

„Ich - wir...", stotterte Rufus und blickte hilflos umher.

„Ich glaube nicht, dass wir so ins Geschäft kommen", äußerte sich der Händler reserviert.

„Es ist alles meine Schuld", rief Rufus schließlich, seine Augen blickten dabei ins Nichts. Er holte tief Luft. „Ich habe das Geld in einen See geworfen, als Pfand für die Nymphen, denen der See gehört", erzählte er.

„Nymphen", rief der Händler, teils ehrfürchtig, teils skeptisch. „Will er mir verkackeiern?", rief er aufgebracht und verfiel dabei in einen Dialekt, der

Rufus fremd war. Er wiederholte noch einmal:
„Nymphen?"

Rufus nickte und schaute ihm in die Augen. Er
erinnerte sich daran, wie Botmar in der Taverne
von Moortal seine Geschichte durch Theatralik,
große Gesten und Emotionen hat wichtig
erscheinen lassen.

„Ja, wahrhaftig – Nymphen! Es war ein heißer
Tag; die Sonne brannte auf uns nieder. Ich
brauchte Wasser für mein Pferd und mich, sonst
wären wir verdurstet", erklärte er, gestikulierte
wild und wirkte dabei verzweifelt. „Aber die drei
Nymphen – gefährliche magische Wesen, die
schnell verärgert sind – wachen über den See und
leben darin. Sie verlangen von jedem einen Pfand,
der von ihrem Wasser nimmt. Ich hatte keinen
anderen Pfand dabei als die Silbermünzen und
warf sie in den See, um der Rache dieser
Kreaturen zu entgehen."

Reuevoll schaute Rufus zur Seite.

Der Händer hielt ihm den Zeigefinger unter die
Nase. „Ich sehe es sehr wohl, wenn jemand nicht
die Wahrheit spricht", polterte er im drohenden
Tonfall.

Rufus errötete, blickte erst kurz den Händler an, dann voller Scham zu Boden.

„Du hattest sehr wohl einen anderen Pfand bei Dir", schloss der Händler nachdenklich. Dann wurde seine Stimme sanfter. „Aber ich vermute mal, von dem hättest Du Dich noch schwerer trennen können, als von dem Geld."

Stolz auf seine Beobachtungsgabe ließ der Händler einen Augenblick stumm verstreichen, bevor er fortfuhr: „Na gut. Weil wir uns kennen, Konrad, und ich mich bisher immer auf Dich verlassen konnte. Und weil dein Kamerad zumindest beim wichtigsten Teil der Erklärung nicht gelogen hat."

Er hielt Konrad die Hand hin, der dankbar in sie einschlug und sich dann eilig verabschiedete. Konrad packte Rufus beim Arm und schleppte ihn hinaus.

„Das hast Du gut gemacht", erklärte Konrad draußen. Anerkennung lag in seiner Stimme. „Natürlich hätte ich Debald auch bezahlen können. Ich kann ja nicht davon ausgehen, dass Du mit deiner ersten Geschichte gleich Erfolg hast. Aber es sieht so aus, als hätte der alte Debald seine Nase für Lügen langsam abgenutzt."

„Die Geschichte ist wahr", entgegnete Rufus, der wie benommen wirkte. „Oder ich glaube zumindest, dass sie wahr ist. Ich denke, ich habe es so erlebt."

„Ah, aha", kommentierte Konrad nachdenklich und nickte schließlich. „Das wäre eine Erklärung, ja. Wahre Erlebnisse sind immer gut. Tja, das Leben schreibt eben die besten Geschichten."

Drei weitere Male noch musste Rufus seine Geschichte auf die gleiche Art und Weise zum Besten geben, bevor sie wieder zurückritten. Jedes Mal wurde er sicherer darin, sie zu erzählen. Und jedes Mal schmückte er die Geschichte ein wenig weiter aus, reicherte sie mit Details an und wurde überzeugender.

Dann ritten sie zurück. Konrad wies Rufus ein Quartier zu, und der schlief bis zum nächsten Morgen.

Kapitel 17: Warum und wofür lebst Du?

Die folgenden Wochen war Rufus damit beschäftigt, ein Leben auf der Burg zu führen. Er kümmerte sich um die Pferde, arbeitete in der Küche und lernte von den anderen, verschiedene Speisen zuzubereiten, die mehr als nur den Bedarf an Nahrungsaufnahme bedienten. Er lernte, mit Stein und Holz zu arbeiten, Töpfern, Gärtnern, Schneidern. Er wusch Wäsche und fegte den Hof. Es war harte Arbeit, aber niemand schlug ihn oder behandelte ihn respektlos. Im Gegenteil, er wurde respektiert und anerkannt.

Den Winter über verbrachte Rufus viel Zeit in der Bibliothek und studierte alles, was man für das Erzählen außergewöhnlicher Geschichten wissen sollte. Dafür lernte er auch viele Geschichten verschiedener Schreiber. Mit den anderen Zauberern tauschte er nicht nur Geschichten, sondern auch Lebenserfahrung, Weisheiten und Techniken aus. Vor allem jedoch fand er in ihnen Freunde. Nur Furio blieb ihm mit seiner kritischen, beißenden und fast verächtlichen Art immer ein wenig suspekt.

Er lernte die Eigenarten kennen, die jeder der Geschichtenerzähler von sich aus als Stärke mitbrachte: Konrad fand durch seinen Humor den Weg in die Herzen der Menschen. Adelheid glaubte immer an das Gute im Menschen und in der Welt und vermittelte dieses Bild auch anderen. Belladonna erzeugte mit ihrer bildhaften Sprache Verständnis für sonst unbegreifbare Zusammenhänge. Marina verstand es wie keine andere, Emotionen zu erzeugen. Gemma verstand sich auf Argumentationen und strategischen Aufbau. Raimund konnte in alltäglichen Gesprächen unauffällig Ideen einpflanzen, so dass sein Gesprächspartner glaubte, selbst auf die Idee gekommen zu sein. Reinward erzählte am liebsten Geschichten in Geschichten, wodurch er die Gedanken seiner Zuhörer unauffällig zu lenken vermochte.

Auch Furios Stärke lernte er kennen. Über Wut und Inbrunst kam auch er an die Herzen der Menschen, zeigte Missstände auf und motivierte dazu, ihnen zu begegnen statt sie hinzunehmen.

Von allen lernte er.

Und schließlich starb Rufus.

Er hatte gelernt, dass jedem Wort seine ganz eigene Magie innewohnte, dass jeder Satz eine Geschichte für sich darstellen konnte und dass jede Geschichte das Tor zu einer neuen Welt zu öffnen vermochte. Er hatte gelernt, dass jeder Name seine innewohnende Macht hatte, die das

Leben des Namensträgers mitbestimmte, wie auch den Eindruck, den andere von einem hatten. Und so trug er Rufus, den Roten, zu Grabe und erschuf sich selbst neu. Runfried war geboren. Er war ein Zauberer. Er war einer unter gleichen.

Als wilder und verwegener Abenteurer und neu geborener Zauberer reiste er alleine in die Dörfer der Umgebung. Dort handelte er mit den Bewohnern, tauschte Nettigkeiten und Neuigkeiten aus, erzählte ihnen immer wieder Geschichten aus einem fernen Königreich und studierte genauestens ihre Reaktionen darauf.

Jeden Abend holte er Alfruns Brosche hervor und verbrachte viel Zeit damit, sich in ihren Anblick zu versenken. Jeden Abend schwor er ihr aufs Neue, einer der fähigsten Zauberer zu werden und sie zu sich zu holen.

Bis der Frühlingstag kam, an dem der Schmerz seines Herzens ihn überwältigte. Eine gefühlt endlos lange Zeit krümmte er sich in Agonie auf dem Boden, unfähig sich zu rühren oder einen Laut von sich zu geben. Kalter Schweiß überzog seinen Körper, Schüttelfrost und Krämpfe peinigten ihn. Dann verlor er das Bewusstsein.

Als er wieder erwachte, lag er in seinem Bett. Adelheid, Belladonna, Zelestin und Konrad standen um ihn herum, ihre Gesichter brachten Sorge zum Ausdruck.

Runfried lächelte sie an, beruhigte sie allein mit seinem wissenden und mitfühlenden Blick.

Konrad schmunzelte erleichtert. „Der Zauberer des Friedens ist zurück", verkündete er mit einem Blinzeln.

„Hat Dein großes Herz sich wieder zu Wort gemeldet?", fragte Zelestin.

Runfried nickte.

„Ja", antwortete er mit fester Stimme. „Es hat zu mir gesprochen."

Er richtete sich auf. Adelheid und Belladonna eilten hervor, um ihm zur Hilfe zu kommen, doch der Zauberer hielt sie mit einer kurzen Geste davon ab. Noch etwas unsicher stand er auf, doch als er sich auf seine beiden Füße stellte, war die Unsicherheit verschwunden. Eine Energie schien ihn aufzufüllen. Er richtete sich zu voller Größe auf. Es schien, als ob eine Bestimmung in ihm erwuchs, die von einer höheren Macht war.

„Es sagt, ich muss gehen", erklärte er.

Er blickte in die erschrockenen Gesichter seiner Freunde.

„Kommst Du wieder?", fragte Belladonna in einem traurigen Tonfall.

Runfried lächelte aus tiefstem Herzen.

„Natürlich", antwortete er und verbeugte sich.

„Natürlich", wiederholte Adelheid mit einem liebenden, gütigen Blick. „Du gehst, um sie zu holen, nicht wahr?", fragte sie und wusste bereits die Antwort.

Runfried fühlte sich verstanden und nickte dankbar. „Auch das", bestätigte er. Dann nahm er seine Freunde in den Arm. Nachdem er sich von ihnen verabschiedet hatte, begann er umgehend damit, seine Sachen zu packen.

Auf dem Weg zum Stall begegnete er Botmar, dem blinden Wanderer, welchem er zu verdanken hatte, hier auf der Burg zu sein.

„Rufus", sagte Botmar freudig. „Ich erkenne Dich am Schritt", erklärte er mit einem wissenden Lächeln, ohne das verwunderte Gesicht des Abreisenden gesehen zu haben. Sie nahmen sich in den Arm.

Runfried löste sich von seinem Freund, stockte und schaute auf seine Beine hinunter. Die Worte des blinden Zauberers schienen ihn zum Nachdenken zu bewegen. „Rufus ist tot", behauptete der Abenteurer schließlich und trat einen Schritt zurück.

Botmar lachte, dann schüttelte er den Kopf und schwenkte den Zeigefinger in der Luft hin und her. „Nein, nein", entgegnete der Blinde. Seine matten Augen schienen zu leuchten. „Noch nicht!", flüsterte er verheißungsvoll. „Noch nicht ganz. Aber ich nehme an, Du gehst, um sein Schicksal endgültig zu besiegeln."

Runfried überlegte. Dann lächelte er und nickte. „Du hast Recht", antwortete er schließlich. „Genau so ist es!"

„Dann lass Dich doch von einem alten, verrückten Mann nicht aufhalten", sagte Botmar. Ein gespielter Vorwurf lag in seiner Stimme. Er blinzelte amüsiert.

Runfried erkannte den großen, verzierten Schlüssel wieder, der Botmar um den Hals hing. „Wofür ist eigentlich der Schlüssel um deinen Hals, Botmar?", fragte er neugierig. „Kann es sein, dass er keinen anderen Zweck erfüllt, als junge, unschuldige Stallknechte neugierig auf die Zauberei zu machen?"

Botmar lachte herzhaft. Runfried erkannte, dass er mit seiner Vermutung richtig gelegen hatte. „Ich verstehe", sagte er. „Ich danke Dir, Botmar!"

Beide Zauberer verbeugten sich voreinander, dann ging jeder seines Weges.

Rufus zog ein Buch hervor. Er hatte es selbst geschrieben. Er schlug es auf und fragte hinein: „Was gibt es jetzt alles zu tun, um die Welt zu verändern?"

Kapitel 18: Wie stirbt man angemessen?

„Oberhauptmann", sprach Hauptmann Thorwin vorsichtig in das Zelt hinein. „Wir haben hier einen Gefangenen."

Gemurmel war aus dem Zelt zu hören, dann führten die Hauptmänner Thorwin und Randolf ihren Gefangenen herein.

Runfried verzog keine Miene, als er mit Handfesseln in das Zelt geführt wurde.

Oberhauptmann Trauthelm blickte ihn zuerst gleichgültig an, dann wurden seine Augen schmal. „Kennen wir den nicht?", fragte er argwöhnisch. „Fenrir?", wandte er sich an den zweiten Oberhauptmann, der wie zufällig auch bei dieser Begegnung wieder in Trauthelms Zelt stand.

Oberhauptmann Fenrir musterte Runfried von oben bis unten, erst wachsam, dann verächtlich, schließlich zuckte er mit den Schultern.

„Er will uns keine Auskunft über seinen Namen oder sein Ziel geben", berichtete Thorwin pflichtbewusst.

„Ach", gab Trauthelm von sich. „Und vielleicht möchte er uns jetzt Auskunft erteilen, um seine armselige Haut zu retten?", fragte er mit müder Stimme an Runfried gewandt.

„Meine Mission geht Euch nichts an, Trauthelm", erwiderte der verwegene Abenteurer und hob das Kinn.

„Sprich, Du Wurm", knurrte Fenrir, packte Runfried im Nacken und drückte ihn nach unten, dass dieser am Boden kniete.

Die Gegenwehr überraschte den alten Veteranen vollkommen. Mit dem Seil um die Handgelenke brachte Runfried es dennoch fertig, ihm einen kräftigen Schlag unter die Nase zu verpassen, so dass dieser nach hinten stürzte.

Mit Ausrufen des Entsetzens stürmten die zwei Hauptmänner Thorwin und Randolf auf ihn, um ihn festzuhalten. Doch Runfried machte überhaupt keine Anstalten zur Flucht. Stattdessen stellte er sich aufrecht hin, ruhig, stolz und unbeugsam. „Mein Vater wird Euch für diese Behandlung hängen lassen", drohte er in einem arroganten Tonfall. „Der General kann nicht zulassen, dass Ihr überhaupt wisst, dass ich noch existiere!"

„Fenrir", schrie Trauthelm panisch auf, als der zweite Oberhauptmann im Raum sich wieder gefasst hatte und mit gezogenem Messer auf Runfried losgehen wollte. Dieser beachtete ihn überhaupt nicht, sondern schaute Trauthelm geradewegs in die Augen.

„Der General – dein Vater?", fragte Trauthelm ungläubig mit weit aufgerissenen Augen. „Aber Du bist tot!", erklärte er. Allerdings klang es mehr wie eine Frage.

„Natürlich bin ich tot", entgegnete Runfried trocken. „Wie könnte ich sonst unerkannt eine geheime Mission durchführen?", fragte er. Allerdings klang es mehr wie eine Erklärung.

Fenrir wedelte wütend mit dem Messer herum. „Kann er das beweisen?", fragte er mit hochrotem Kopf, mehr an Trauthelm gerichtet, obwohl sein Blick den Gefangenen fixierte. Er wischte sich das Blut von der Nase.

Runfried spuckte ihm verächtlich vor die Füße und spuckte mit Verachtung auch die Worte aus: „Ich soll Euch beweisen, dass ich der tote Sohn des Generals bin, der auf einer geheimen Mission ist? Wie einfältig seid Ihr eigentlich, Fenrir?"

„Er kannte meinen Namen", warf Trauthelm ein.
Argwohn lag in seiner Stimme, doch in seinen
Augen stand die Angst.

„Ich bin hier", erklärte Runfried gereizt, „weil Ihr
einen meiner verdeckten Männer in Gewahrsam
haltet. Wieder einmal! Ihr lasst ihn augenblicklich
frei!"

Fenrir schaubte vor Wut und ballte die Faust
fester um sein Messer. Trauthelm wartete nur
ängstlich ab.

„Sein Name ist Melchior", fügte Runfried hinzu.

„Woher", fing Fenrir an, doch Trauthelm
unterbrach ihn mit einer Geste.

Der Oberhauptmann am Schreibtisch blickte
Runfried an wie ein vor Angst gelähmtes
Kaninchen eine Schlange, die zum Todesbiss
ansetzt.

„In Ordnung", sprach er schließlich leise und
langsam. Er hatte Mühe, seine zitternde Stimme
zu kontrollieren.

„Trauthelm", zischte Fenrir.

„Niemand weiß von Euch", erklärte Trauthelm
langsam und vorsichtig. Er ignorierte Fenrir dabei
vollkommen. „Ihr wart nie hier und wir haben
Euch nie gesehen. Der Gefangene ist praktisch
gerade dabei zu fliehen."

Dabei nickte er Thorwin zu, der Anstalten
machte, das Zelt zu verlassen.

„Nein", entgegnete Runfried in scharfem
Befehlston. Thorwin blieb stehen. Trauthelm zog
verunsichert den Kopf ein.

„Er geht als freier Mann", korrigierte Runfried den
Oberhauptmann mit strengem Blick.

„Natürlich", bestätigte Trauthelm schnell und
nickte Thorwin wieder zu.

„Wenn heraus kommt, dass ich noch lebe",
erläuterte Runfried in einem Tonfall, der sowohl
Gleichmut wie auch Drohung beinhaltete, „dann
ist meine Mission in Gefahr. Dann rollen Köpfe.
Ich werde wissen, welche Köpfe zu rollen haben."

Trauthelm wurde bleich. „Von uns erfährt
niemand etwas, das garantiere ich!", stieß er
hervor.

Runfried drehte sich zu Oberhauptmann Fenrir und warf ihm einen fordernden Blick zu.

„Nicht wahr, Fenrir? Wir wissen von nichts", rief Trauthelm verzweifelt. Es war unzweifelhaft eine Bitte.

Fenrir zögerte und wischte noch einmal unter seiner Nase entlang, während er Runfried fixierte. Dann nickte er langsam.

„Dann sind wir uns einig", flüsterte Runfried, der den Blick ebenso erwiderte.

„Fenrir", bat Trauthelm im vorsichtigen Tonfall, „befreie doch unseren Gast von seinen Fesseln."

„Nicht notwendig", warf der Zauberer ein und streifte sich die Fesseln einfach ab. Ohne sich die verblüfften Gesichter der Männer noch einmal anzusehen, verließ er das Zelt. Er schritt in aller Ruhe Thorwin hinterher. Er kannte den Weg. Als er sah, wie der über alle Maßen erstaunte Melchior das Zelt für die Gefangenen verließ, winkte Runfried ihn zu sich. Gemeinsam verließen sie das Lager.

„Rufus, der Rote", flüsterte Melchior verblüfft und erleichtert. „Woher weißt Du, dass ich schon wieder gefangen genommen wurde?" Er trug das für ihn typische Grinsen im Gesicht.

„Du bist kein Mörder, Melchior", raunte Runfried ihm zu. „Du bist ein Heiler. Ein König des Lichtes."

„Woher weißt Du das?", flüsterte Melchior ihm mit großen Augen zu.

„Ich bin nicht mehr Rufus, der Rote, Melchior", gab der Zauberer von sich, als gäbe er eine Erklärung ab. „Ich bin Runfried, der Zauberer des Friedens."

Melchior stand der Mund offen. Während sie sich in aller Ruhe von dem Lager der Armee entfernten, erklärte er: „Ja, ich bin ein Heiler, Runfried. In meiner Heimat gibt es ein bestimmtes Wort für die Dinge, die ich mache. Das hier übersetzt wird als Hexer. Auch das ist eine Art Name, nicht wahr, Runfried? Einen Hexer aber verbrennt man hier!"

Runfried nickte wissend.

„Ich glaube", sagte Melchior langsam und nachdenklich, „unsere Schicksale sind miteinander verbunden, Zauberer des Friedens."

„Oh, da bin ich mir ganz sicher", sagte Runfried,
der Melchior inzwischen in den Wald geführt
hatte. „Ich weiß es sogar ganz genau, König des
Lichts. Ich brauche nämlich deine Hilfe."

Er führte seinen Freund durch den Wald
hindurch zu einer Kutsche, die auf einer Wiese
stand. Die Kutsche erschien wie neu gebaut. Sie
war robust, aber durch ihre schwungvollen
Konturen und schlichten Verzierungen wirkte sie
auch eindrucksvoll edel. Jorid stand in
unmittelbarer Umgebung und graste.

„Ich habe eine Mitreisende", erklärte Runfried.
„Sie ist krank und braucht einen Heiler."

„Ich werde tun, was ich kann, mein Freund",
erklärte Melchior ernst. „Das ist meine
Bestimmung."

Der Zauberer nickte.

„Ich glaube, ich weiß noch mehr über deine
Bestimmung, Zauberer", entgegnete er.

Er beugte sich vor und zog sein Messer aus dem
Hosenbein, welches er so am Knöchel befestigt
hatte, dass er sich damit in kniender Position von
Handfesseln befreien konnte.

Kapitel 19: Was wirst Du hinterlassen?

In Moortal sorgte die Kutsche für Aufsehen. Die Leute schauten und staunten. Selten sahen sie ein solches Fortbewegungsmittel, es sei denn, der König war am Hof. Ebenso war das Pferd von einzigartiger Schönheit und wirkte wie ein edles Gestüt, wie es nur ein König besitzen konnte.

Doch auch der Kutscher selbst weckte Neugier und Interesse der Dorfbewohner. Er war gekleidet in einen langen, schwarzen Ledermantel, der aussah wie eben erst geschneidert. Er passte seinem Träger perfekt. Unter dem Mantel schauten schwarze Lederstiefel hervor, welche den gleichen Eindruck erweckten. Und auch der große, schwarze Hut mit der breiten Krempe schien von einem Tier zu sein, das am Vortag noch durch den Wald gelaufen sein musste.

Der Kutscher ignorierte die neugierigen Blicke und Rufe der Menschen und fuhr bis ans Schlosstor. Volkhard stellte sich mit seinem Speer vor das Tor. Auch er wirkte beeindruckt und beobachtete, wie der Kutscher abstieg.

Bevor er ein Wort sagen konnte, sprach der Neuankömmling und ging dabei langsam auf ihn zu.

„Ich habe vor geraumer Zeit dieses Messer bekommen, das mir seitdem wertvolle Dienste geleistet hat", murmelte der Kutscher unter seinem Hut hervor. Als er das Messer zog, machte Volkhard sich bereit, seinen Speer zum Kampf zu ergreifen. Dann stutzte er. Seine Augen wurden größer. Er erkannte sein Messer wieder.

„Ohne dieses Messer wäre ich vielleicht das eine oder andere Mal umgekommen", fügte der Mann im schwarzen Ledermantel hinzu. „Ich bin Dir dafür zu tiefstem Dank verpflichtet. Und ich freue mich, Dich wiederzusehen, Vorkhard."

Der Wächter erkannte den Kutscher. Eine Träne lief ihm über das Gesicht. Die Männer umarmten sich.

Wenig später fuhr die Kutsche vor die Küche. Sikko stürmte schnaufend wie ein wilder, aber auch äußerst schwerfälliger Berserker nach draußen. Beim Anblick der Kutsche und des Pferdes erstarrte er ehrfürchtig. Mit offenem Mund stand er bewegungslos da und beobachtete, wie der Kutscher in aller Ruhe die Zügel zur Seite legte und langsam die Kutsche hinabstieg.

„Hier ist die Küche, Herr", erklärte der dicke Mann mit der Halbglatze in einem hilflosen Tonfall. Er wirkte, als müsse er einem König erklären, dass dieser sich auf den falschen Thron gesetzt hatte.

Er fasste sich. „Was kann ich für Dich tun, Herr?", fragte er schließlich und versuchte, sich möglichst aufrecht hinzustellen. Trotz seiner Höflichkeit wirkte er unfreundlich.

„Heute ist der Tag, Sikko", brummte der Kutscher. „Heute bekommst Du, was Du verdienst!"

Sikkos Augen weiteten sich. Er schluckte und lehnte sich ein wenig zurück, als hoffe er, dadurch einer Strafe entgehen zu können.

Ganz langsam schritt der Kutscher zur Tür der Kutsche und fasste den Griff an. Dann atmete er einmal tief ein und aus, ohne sich zu rühren. Sikko musste noch einmal schlucken. Seine Unterlippe zitterte.

Schließlich zog der Mann im schwarzen Ledermantel die Tür der Kutsche auf. Aus der Dunkelheit der Kutsche trat eine Frau hervor. Braune, wellige Haare umrahmten ihr Gesicht und gingen ihr bis auf die Schultern. Langsam und unsicher stieg sie aus. Mit ihrer feinen Kleidung und einem Fellumhang wirkte sie wie eine Händlerin. Trotz ihres erst unsicheren Gangs wirkte sie erhaben. Mit gütigem Ausdruck schaute sie Sikko an.

„Sikkola?", fragte die Frau vorsichtig.

Sikko blickte die Frau nur verständnislos an und schüttelte den Kopf. „Was?", fragte er entgeistert.

„Ja, ich erkenne Dich", rief die Frau vor plötzlicher Begeisterung aus. „Ich bin es: Florije – deine Schwester!"

Sikko blinzelte, als müsste er sich stark konzentrieren. Längst vergessene Erinnerungen stiegen in ihm auf. Sein Atem beschleunigte. Er konnte kaum noch die Augen offenhalten, bis ihm die Tränen über das Gesicht liefen, während er noch wie gelähmt da stand.

Die Frau namens Florije lief auf ihn zu und umarmte ihn fest.

„Flori", rief Sikko schluchzend und umarmte die Frau seinerseits. „Flori! Wo warst Du bloß so lange?"

Auch Florije weinte jetzt. „Das ist eine so lange Geschichte", antwortete sie unter Tränen.

Der unerkannte Zauberer bewegte sich elegant an ihnen vorbei, als würde ihn die Situation weder etwas angehen noch emotional berühren. Er betrat die Küche und durchschritt sie, als wäre sie sein zu Hause. Gwenda lief darin umher und sorgte mit kühlem Kopf dafür, dass die anderen Mägde wussten, was zu tun war. Trotz der ständigen Eile und Unruhe, die hier herrschten, strahlte sie auf eine fast majestätische Weise Ruhe und Sicherheit aus. Trotz des Mehls an ihren Händen und der Schrammen an ihren Armen wirkte sie wie eine Prinzessen.

Runfried ergriff sie sanft am Handgelenk. Die Magd schaute ihm ins Gesicht, erst entrüstet, dann überrascht und schließlich wurde ihr Blick warm und freundlich. Sie ließ sich an die Seite führen, so dass die beiden dem geschäftigen Treiben nicht im Weg standen. Der Zauberer beugte sich vor und flüsterte.

Wenig später verließ der wilde und verwegene Abenteurer im schwarzen Ledermantel mit entschlossenem Schritt die Küche, sprang auf die Kutsche, nahm die Zügel in die Hand, schnalzte kurz und fuhr weiter. Er fuhr an Sikko und seiner Schwester vorbei. Er hätte den schwerfälligen Mann fast nicht wiedererkannt. Er lachte.

Runfried hielt auf dem großen Hof des Schlosses, packte Brot und Käse aus und genoss seine Mahlzeit. Anschließend lehnte der Zauberer sich zurück und zog sich den Hut ein wenig tiefer ins Gesicht.

Geweckt wurde er schließlich von einem vorsichtigen Räuspern. Er drehte den Kopf und sah einen königlichen Boten, der ständig sein Gewicht unsicher von einem Fuß auf den anderen verlagerte.

„Verzeiht, Herr", sagte dieser vorsichtig und verlegen. „Der König möchte Euch sehen."

Der Zauberer lächelte, als hätte er das bereits erwartet. Elegant kletterte er die Kutsche hinab und deutete dem Boten, ihn zu führen.

Der Bote führte ihn durch ein großes Tor, welches von zwei Wachen mit Hellebarden gesichert wurde, durch eine prunkvolle Halle voller Säulen, Statuen vergangener Könige, goldenen Verzierungen und kunstvollen Malereien an den Wänden. Schließlich wurde vor ihm eine große Doppeltür geöffnet, die ebenfalls von zwei Männern bewacht wurde, die mit Schwertern und Armbrüsten ausgestattet waren. Dann betrat er den Thronsaal.

Der Raum bestand aus Marmor und Gold. Schwere Vorhänge zierten in Abständen die Wände, in Gold gerahmte Gemälde hingen dazwischen. Ein roter Teppich führte zum Thron, auf welchem König Victor in seinen rot strahlenden Gewändern saß und seine mit Juwelen besetzte Krone richtete. Aufmerksam beobachtete er, wie Runfried sich ihm näherte. Ein Mitglied der königlichen Leibgarde stand neben ihm. Auf der anderen Seite des Throns erkannte Runfried Ratbold, den Hofnarren des Königs, den man nur unter dem Namen Ratte kannte.

Der Abenteurer sah, wie Ratbolds Augen sich weiteten, als er den Hut abnahm und sich vor dem König verbeugte. Der Narr sagte jedoch nichts.

Mit einer gönnerhaften Geste forderte König Victor seinen Besucher auf, näher zu treten. Runfried trat vor.

„Euer Ruf eilt Euch voraus, sogar bis zu uns", begann der König und hob dabei das Kinn. „Er hat seit seiner Ankunft heute bereits für viel Aufsehen und Turbulenz gesorgt. Sagt er uns seinen Namen?"

„Mein Name ist Runfried, Euer Majestät", antwortete der Abenteurer. Er sah, wie Ratbold sich bewegte, in eine lauernde Position ging, als wüsste er nicht, ob er einen Freund oder einen Feind vor sich hatte. „Bitte verzeiht, es lag mir fern, Unruhe zu verbreiten."

„Wo kommt er her? Was ist sein Begehr?", fragte König Victor weiter. Er wirkte argwöhnisch. „Was macht er und was macht er vor allem in Magan?"

„Magan ist ein fantastisches Reich", schwärmte Runfried und machte dabei eine allumfassende Geste. „Ich bin ein Wanderer, der die Schönheiten der Welt bestaunt und anderen Menschen von ihnen berichtet. Magan bietet hierfür wahrlich viel. Aber ich überbringe auch Botschaften für diejenigen, die meine Dienste in Anspruch nehmen."

„Er sagte nicht, woher er kommt", brummte König Victor in einem missmutigen Tonfall.

„Ich komme aus Odal, Euer Majestät", antwortete Runfried.

Der König lachte, aber es klang humorlos. „Ihr kommt aus einem Märchen!", rief er.

„So ist es", bestätigte der Zauberer, der wusste, dass man Königen besser nicht widersprach. „Odal ist ebenfalls märchenhaft."

„Und er allein", hinterfragte der König mit hochgezogenen Augenbrauen und beugte sich dabei vor, „überbringt Botschaften in der ganzen Welt? Wie stellt er das an?"

„Ich habe viele Helfer", entgegnete Runfried mit einem Seitenblick auf Ratbold, „welche für mich die Botschaften verbreiten. Es ist eine mühsame, aber für das Herz lohnende Tätigkeit, und ich suche stets nach neuen Helfern."

„Und ist das der Grund", fragte König Victor, und sein Tonfall verschärfte sich dabei, „dass unsere treuesten Mägde und Aufseher am Hofe ihre Arbeit niederlegen?"

Runfried machte eine abwehrende und dann eine beschwichtigende Geste. „Wie wird man Magd?", fragte er. „Wie wird man Aufseher – oder König?" Er deutete auf König Victor. „Ein jeder formt sein Schicksal selbst. Ist es nicht so, Euer Majestät?"

„So ist es nicht", grollte der Herrscher Magans und schien kurz davor, vom Thron zu steigen. „Der König gewährt, verbietet und richtet, wie es ihm gefällt."

„So lange er sich seiner Gefolgschaft sicher sein kann", wandte Runfried in ruhigen Tonfall ein,

„kann der König auch das Schicksal anderer Menschen beeinflussen. Doch wenn man versteht, wie ein König König wird, und damit beginnt, ...“

König Victor stand auf und unterbrach ihn. „Seid Ihr ein Zauberer?“, fragte er mit rotem Kopf und zitternder Stimme.

Runfried fühlte, dass dies der gefährlichste Augenblick seines Lebens werden konnte. Aus den Augenwinkeln sah er Ratbold im Rücken des Königs ganz vorsichtig den Kopf schütteln.

„Vater“, rief eine helle Stimme hinter Runfried. Prinz Titianus betrat den Thronsaal. Er zog ein verkrüppeltes Bein hinter sich her und hielt sich mit der linken Hand den rechten Arm, der bewegungslos an seinem Körper herabhing. Er humpelte an dem Zauberer vorbei, ohne ihn eines Blickes zu würdigen und baute sich vor dem König auf. „Ich will diese Kutsche haben, die auf dem Hof steht. Und das Pferd“, forderte er laut und eindringlich.

„Jetzt nicht!“, antwortete König Victor.

„Sie gehören mir“, sagte Runfried leise und sanft.

„Jetzt nicht mehr!“, donnerte der König und schien die Fassung zu verlieren. Für einen

Augenblick fiel sein Blick hinter den Zauberer, dann drehte er sich zu seiner Leibgarde und zeigte auf Runfried. Dann blickte er voller Erstaunen wieder hinter Runfried.

Gwenda hatte den Thronsaal betreten und schritt gelassen und anmutig in den Raum. Sie blieb neben Runfried stehen.

„Wer hat das Gesinde hier herein gelassen?", polterte der König und fixierte Gwenda geradezu hasserfüllt.

Gwenda richtete sich zu voller Größe auf und hob das Kinn hoch. „Ich bin hier", sagte sie laut und klar, wenn auch mit ihrem fremdländischen Akzent, „um mein Recht einzufordern."

Sie ließ eine kurze Pause, blickte dem König fest in die Augen und fügte dann hinzu: „Vater!"

König und Prinz schauten sie mit großen Augen und offenem Mund an. Ratbold schien Angst zu bekommen. Leise schlich er sich zu einem Hinterausgang. Er warf Runfried einen letzten Blick zu, der ihm beruhigend zunickte. Dann verschwand der Narr.

Der König lachte. „Wie sollte ich der Vater einer einfachen Magd sein, die ihren Weg aus der fernen Wildnis nach Magan gefunden hat?"

Runfried tat, als ob er einen Augenblick überlegte. „Victor", sprach er den König dann an, als wäre ihm eine Idee gekommen. „Seid Ihr je in Jadeshban gewesen?"

Gwenda trat weiter vor, bis sie mit Prinz Titianus auf gleicher Höhe vor dem Thron stand.

Victor stieg langsam von seinem Thron herab und zeigte anklagend auf Rundfried. „Ich seid ein Zauberer!", rief er. Angst und Zorn lagen in seiner Stimme.

„So ist es", sagte der wilde und verwegene Abenteurer triumphierend, verneigte sich kurz, setzte seinen Hut wieder auf, drehte sich um und machte sich auf den Weg, den Thronsaal wieder auf dem Weg zu verlassen, auf dem er gekommen war.

„Ist das wahr, Vater?", hörte er Titianus mit Entsetzen in der Stimme hinter sich fragen.

„Geht mir aus den Augen!", rief der König aufgebracht.

„Ich fordere mein Recht ein – hier und jetzt!", rief Gwenda im Tonfall einer Prinzessin.

Volkhard kam in den Thronsaal gelaufen. Er und Runfried nickten sich zu. „Euer Majestät", rief der Wächter.

Dann hatte Runfried den Thronsaal hinter sich gelassen und die Tür fiel hinter ihm zu. Eilig durchquerte er die Halle, begab sich zu seiner Kutsche, stieg auf und fuhr davon.

Bei den Pferdeställen machte er Halt. Plötzlich schrie sein Herz auf, Runfried krümmte sich zusammen und konnte eine Weile nichts anderes tun als zu atmen und den Schmerz auszuhalten.

Phillip kam aus dem Stall. Er ließ die Schultern hängen und machte ein finsteres Gesicht. Dann erblickte er den Mann auf der Kutsche. „Braucht Ihr Hilfe?", rief er alarmiert und eilte herbei.

Mühsam richtete Runfried sich auf und zog seinen Hut ein wenig tiefer ins Gesicht.

„Du bist Phillip", presste er zwischen den Lippen hervor, während er sich die Brust hielt.

Der Stallknecht stutzte. „Das ist richtig", bestätigte er mit großen Augen, als hätte ihm gerade jemand ein Geheimnis erzählt, das nur er hätte wissen können.

„Deinen Namen hört man in ganz Magan", behauptete der Zauberer.

Phillip öffnete den Mund. Starr blickte er den Kutscher an.

„Ich bin ein Zauberer", erklärte Runfried, „und ich folge den Legenden aus alter Zeit."

„Bin ich eine Legende?", fragte Phillip leise. Seine Augen waren voller Hoffnung.

Der Zauberer nickte und richtete sich langsam wieder auf, als der Schmerz nachließ. „Der König der Pferde", erklärte er. „Die Tiere haben es immer gut bei Dir. Es heißt, eines Tages wirst Du frei sein und deine eigenen Pferde züchten."

„Ja?", rief der Stallknecht voller Freude. Er öffnete den Mund, doch Runfried kam ihm zuvor.

„Bist Du schon der königliche Stallknecht?", fragte er.

Phillip schüttelte den Kopf. Angst stand in seinem Gesicht.

„Dann bin ich zu früh hier", erklärte der Zauberer und schien sich etwas zu ärgern. „Du solltest mit dem König sprechen."

Phillip zögerte. „Jetzt?", fragte er unsicher.

„Nein", entgegnete Runfried und lächelte. „Du kannst auch ruhig noch ein paar Jahre warten und dem König nachreisen, wo immer er dann ist. Warum denn jetzt gleich königlicher Stallknecht werden, wenn es auch später geht?"

Er war fast erstaunt, als Phillip ohne weiteres Zögern in Richtung Thronsaal lief.

Als er die Kutsche drehte, sah er Ratbold auf sich zu laufen. Außer Atem kam der Narr vor der Kutsche zum Stehen.

„Ich hab es Dir gesagt", zischte er. „Mache Dir niemals einen Narren zum Feind!"

Runfried nickte. „Und jetzt bist Du kein Narr mehr", entgegnete er trocken.

Ratbold wirkte verzweifelt. Langsam zog er ein Messer.

Runfried sprach ruhig und vertraut zum ihm: „Du sagtest, ein Narr wäre fast das selbe wie ein

Zauberer. Aber ich habe nicht gesehen, dass Du deine Macht eingesetzt hättest, als Du konntest. Weder für, noch gegen mich."

Ratbold wurde wütend. „Wie hätte ich denn ...", fing er an. Doch der Zauberer unterbrach ihn mit einer Geste.

„Dir zu überlegen, wie Du deine Macht einsetzen kannst", erklärte Runfried ruhig, „ist deine Aufgabe, nicht meine. Ich habe mein Kommen genauestens geplant. Übrigens auch dieses Gespräch, Ratbold, denn ich wusste, dass es so kommt."

Ratbold stutzte und blickte Runfried erwartungsvoll an. Seine kampfbereiten Arme sanken.

„Du wirst jetzt zu alt, um noch den Narren des Königs zu spielen", führte Runfried aus. „Es wird Zeit, zu gehen. In der augenblicklichen Stimmung wäre alleine dein Auftauchen im Thronsaal dein letzter Auftritt."

Ratbold nickte und lauschte.

„Vielleicht willst Du ja doch noch ein Zauberer werden, Ratbold", fuhr Runfried fort. „Ich brauche

Freunde für das, was ich noch vorhabe. Und Du kannst dabei eine bedeutende Rolle spielen."

Ratbold schien zu überlegen. Dann schüttelte er den Kopf. Er ließ die Schultern hängen, drehte sich einfach um und ging.

„Jemand, der diese Gelegenheit nicht nutzt", sagte der Zauberer lächelnd, gerade so laut, dass Ratbold ihn noch hören würde, „ist ein Narr!" Damit wiederholte er die Worte, die ihm einst Ratbold gesagt hatte. „Du kennst ja den Weg. Ich freue mich schon auf Dich."

Kapitel 20: Was kannst Du mitnehmen?

Runfried fuhr mit der Kutsche an die Höhle, in welcher er mit Alfrun und Ratbold sein letztes Gespräch über das sagenumwobene Königreich Odal geführt hatte. Doch heute regnete es nicht. Die Sonne stand schon tief, doch sie strahlte noch kraftvoll über die satten Wiesen der Umgebung.

Rufus stieg ab. Der Rufus von damals.

Er löste Jorid von der Kutsche, sattelte sie ab und ließ sie grasen.

Unsicher betrat er die Höhle. Im Schatten bewegte sich eine Gestalt. Das Herz des Abenteurers klopfte ihm bis zum Hals. Mit einer Hand hielt er sich die Brust, denn der Herzschlag war wild und schmerzhaft. Mit der anderen Hand griff er in die Tasche seines Mantels, in welchem er Alfruns Brosche mit sich führte.

„Bist Du es wirklich?", flüsterte die Stimme aus den Schatten. Der Schmerz wurde fast unerträglich, doch er blieb aufrecht stehen.

„Ja", flüsterte er zurück. „Ich bin hier, um Dich mitzunehmen."

Einen Augenblick lang passierte nichts. Dann fiel Alfrun ihm in die Arme. Beide umklammerten sich und schluchzten, und die Zeit blieb stehen.

Schließlich löste sich Alfrun ein wenig aus der Umarmung und legte ihre Hand auf seine Brust. Er legte seine Hand auf ihre.

Rufus wurde ganz warm, Hitze erfüllte seine Brust. Eine tiefe Ruhe durchflutete ihn. Sein Herzschlag wurde stiller und gleichmäßiger. Er hatte das Gefühl, Licht würde sein Herz erstahlen lassen. Der Schmerz verging. Für immer, das wusste er.

„Das fühlt sich so gut an", raunte Runfried ihr zu. „Du vervollständigst mich!"

Dann weinten sie zusammen. Und lachten. Umarmten sich immer wieder, abwechselnd lachend und weinend, bis die Sonne unterging. Schließlich liebten sie sich in der Höhle und schliefen glücklich nebeneinander ein.

Die ersten Sonnenstrahlen weckten sie.

„Ich liebe Dich", waren seine ersten Worte.

„Ich liebe Dich", waren ihre ersten.

Jorid stand im Eingang der Höhle. Wie abgesprochen bereiteten Alfrun und Runfried Pferd und Kutsche vor und stiegen auf. Runfried stellte dabei fest, dass sein Gang nun ein anderer war. Er lächelte.

„Wir sollten Moortal schnell hinter uns lassen", schlug der Abenteurer vor. „Mit Unterstützung von Freunden habe ich dafür gesorgt, dass man uns nicht gleich folgt, aber die Zeit drängt."

„Warum?", fragte Alfruf. „Was hast Du getan?"

„Eine Geschichte begonnen", antwortete Runfried. „Einen Zauber gewirkt. Aber jetzt muss die Geschichte sich erstmal alleine weiterschreiben. Sie muss reifen und wachsen und werden. Wie eine Kartoffelsuppe, in die man alle Zutaten gegeben hat und die nun kochen muss, bevor sie fertig wird."

Alfrun zuckte mit den Schultern. „Mich hält nichts hier", sagte sie heiter.

Sie küssten sich.

„Ich hab Dir so viel zu erzählen", lachte Runfried.

Sie fuhren los und ließen ihr altes Leben hinter sich.

Die Kutsche fuhr durch das kleine Wäldchen, in dem das getarnte Häuschen stand. Sie passierte den Pfad, der zu der eigenwillig gebauten Behausung. Von vorne kam ihnen der ältere Mann mit der geflickten und schmutzigen Kleidung entgegen. Er ging etwas abseits des Weges, gebeugt, mit drei toten Hasen in der einen Hand und einem Beil in der anderen.

„Wie unheimlich", flüsterte Alfrun. „Lass uns schnell weiterfahren."

Doch Runfried lächelte ihr vertrauensvoll zu und verlangsamte das Tempo. Er beugte sich vor und schaute auffällig zu dem Mann mit den wenigen, wild abstehenden weißen Haaren herüber.

Der Mann beugte sich noch etwas mehr und versuchte, sich unauffällig tiefer in den Wald zu bewegen. Er mied jeden Augenkontakt. Das schlechte Gewissen thronte in seinem Gesicht.

„Ich weiß nicht, was die Leute hier im Wald treiben", erklärte der verwegene Abenteurer gleichmütig, „aber sicher nichts Gutes. Wenn Du ihnen machtlos erscheinst, werden sie Dich verjagen, aus Angst, Du könntest ihre Geheimnisse entdecken und verraten. Wer weiß,

was sie mit Dir anstellen, wenn sie Dich in die
Finger bekommen.“

Alfrun schauderte.

„Aber wenn Du Dich in eine Geschichte begibst,
in der Du für sie unantastbar erscheinst“, fügte er
wissend hinzu, „werden sie vor Dir fliehen oder
sich in den Dreck werfen und sich ergeben.“

Alfrun blickte ihn fragend an. „Du hast Dich
verändern“, sagte sie nachdenklich.

„Ja. Ich habe viel gelernt“, entgegnete der
Zauberer nach vorne blickend. „Ich weiß nun,
dass Du nicht den Geschichten folgen musst, die
andere geschrieben haben. Auch und vor allem
denen nicht, die sie sich für Dich ausgedacht
haben. Du kannst immer deine eigenen
Geschichten schreiben. Und in diesen
Geschichten kannst Du Dir dann aussuchen, ob
Du Mist schaufeln willst, oder Königreiche
beeinflusst. Und auch Du wirst lernen,
Geschichten zu schreiben. So einfach wie Suppe
kochen.“

Er drehte sich zu ihr. „Gefällt Dir das?“

„Ja“, antwortete sie sanft und wand ihre Arme um
seinen, schloss die Augen und träumte

Geschichten von einer Zukunft in Zweisamkeit, bis sie einschlief.

Sie reisten ohne Zwischenfälle weiter. Auf der Straße nach Odal hielt Runfried die Kutsche an. Er ließ seine Liebste für einen Augenblick allein auf der Kutsche zurück, um sie nicht zu wecken. Leise kletterte er hinab und verließ die Straße.

Noch in Sichtweite fand er den alten, gefällten Baum vor. Der gefällte Teil des Baumes war weiter verwest. Doch Runfried stieß einen leisen Laut der Verwunderung aus: Aus dem verwurzelten Teil des Stammes wuchs ein neuer Spross. Der Zauberer lächelte und berührte einen Augenblick lang den Stamm.

„Alles Gute, Hulda", raunte er dem zu neuen Leben erwachten Baum zu, dann lief er zurück zur Kutsche. Als er noch einmal zurückblickte, meinte er, für einen Augenblick den Baumgeist zu erkennen.

Dann setzte er die Kutsche wieder in Bewegung.

Als Alfrun wieder aufwachte, fuhren sie gerade über die steinerne Bogenbrücke und das Tor von Odal. Die Nacht brach ein.

„Willkommen in Odal", sagte Runfried liebevoll.
„Du hast lange geschlafen. Die Reise strengt Dich
sicher an. Bald erreichen wir ein Häuschen, in
dem wir uns ausruhen können."

Reflexartig beugte sich Alfrun vor und hustete
krampfartig. Als sie sich die Hand vom Mund
nahm, sah Runfried Blut darin. Erschrocken
schaute er ihr ins Gesicht. Sie war bleich. Er
fühlte ihre Stirn. Sie war kalt. Ein Schweißtropfen
lief die Schläfen hinab.

„Mir ist nicht gut", stöhnte Alfrun leise.

Von Angst erfüllt schnalzte Runfried mit der
Zunge und ließ Jorid schneller laufen. Er beugte
sich zu seiner Liebsten. „Was kann ich tun?",
fragte er verzweifelt.

Eine Weile sagte Alfrun nichts. Sie hustete noch
einmal Blut, schloss dann die Augen und lehnte
sich an Runfried.

„Erzähl mir eine Geschichte", bat sie schließlich
leise.

Mit zitternder Stimme begann der Zauberer zu
erzählen:

„Einst lebten zwei junge Menschen in einem Königreich, die den ganzen Tag damit verbringen mussten, Mist zu schaufeln, die Straßen zu fegen, den Abwasch zu machen und den Dreck anderer Leute wegzuräumen. Doch sie waren glücklich damit, denn sie hatten einander."

Alfrun kuschelte sich an ihn, während er weitererzählte.

„Sie träumten von einem besseren Leben und wollten jede Chance nutzen, dieses auch Wirklichkeit werden zu lassen. Eines Tages dann hörten sie davon, dass es ein anderes Königreich gab, in dem sie es gut haben könnten. Diesen Schritt zu wagen würde bedeuten, alles aufzugeben, was sie hatten. Zeitweise sogar ihre Zweisamkeit. Er zögerte zuerst, denn er traute der Geschichte nicht. Doch ein Freund wusste, dass es dieses andere Königreich tatsächlich gab. Und sie wünschte sich von ihm so sehr, dass er sich auf den Weg machte, diese neue und bessere Zukunft zu erkunden."

Runfried schluckte und musste sich kurz wieder fassen, um mit der Geschichte fortzufahren.

„Er ging. Er wurde gefangen genommen, traf auf Zauberer, die mit Geistern sprachen, verhandelte mit magischen Pilzen, mit Nymphen und

Baumgeistern um sein Vorankommen. In seiner finstersten Stunde stellte er fest, dass ihm das Pferd von zu Hause gefolgt war, um das er sich immer gekümmert hatte. Und nach einem langen und beschwerlichen Weg fand er schließlich das andere Königreich. Doch dort wurde er zuerst abgelehnt und verzweifelt wollte er den Rückweg antreten."

„Bitte nicht", flüsterte Alfrun und klammerte sich an ihn. Runfried erzählte weiter:

„Er unternahm einen letzten Versuch und traf den Zauberer vom Asenwald. Das ist ein Wald voller Magie. Er trat in den Dienst des Zauberers, arbeitete hart, lernte dafür im Gegenzug aber, wie man die Geschicke der Menschen zum Besseren lenken könnte. Auch andere Zauberer lernte er kennen, die mit der Zeit seine Freunde wurden. Schließlich erkannte er, dass es nun an der Zeit war, seine Liebste zu holen, um mit ihr gemeinsam ein neues Leben zu beginnen."

„Ja", hauchte Alfrun sehnsuchtsvoll.

„Als er wieder zu Hause war, nutzte er die Möglichkeit, verschiedene Dinge zu regeln. Er brachte Menschen zusammen, schenkte ihnen Träume und eine bessere Zukunft und begab sich sogar zum König. Dort säte er den Samen für eine neue Ordnung im Reich. Eines Tages würden die zwei in ein Königreich zurückkehren können, das von ihren Freunden regiert wurde. Doch zuerst einmal machten sie sich auf, um dem Land der Zauberer zu noch mehr Einfluss zu verhelfen. Gemeinsam sorgten sie dafür, dass die Menschen ihnen zuhörten, ihre Botschaften verstanden und zu ihrem eigenen Wohl handelten. Sie sorgten an vielen Orten für Glück und Harmonie."

Alfrun seufzte. Ihr Kopf sank. Sie war nun ganz bleich und vollkommen verschwitzt.

Runfried animierte Jorid dazu, noch schneller zu laufen. Es war finsterste Nacht und er konnte die Hand vor Augen kaum sehen, doch in seiner Panik wollte er alles tun, um so schnell wie möglich die Burg von Odal zu erreichen.

Kapitel 21: Wer bist Du, wenn Du alles verlierst?

In der Morgendämmerung erreichte Runfried die Burg von Odal. Die Glocken läuteten. Es regnete.

„Ich brauche einen Heiler", schrie der Zauberer über den Hof. Beherzt schulterte er Alfrun und kletterte vorsichtig von der Kutsche.

Gemma, Belladonna und Konrad eilten als erste zu ihm und halfen dem verzweifelten Abenteurer, seine Liebste in ein Zimmer zu bringen, in welchem sie ein Bett zum Liegen hatte.

Dort begann Runfried damit, Alfrun abzutrocknen.

„Ich bin Melchior, ein Heiler", begann Melchior, während er durch die Tür hastete. Dann erkannte er seinen Freund. „Runfried!"

„Bitte hilf ihr", flehte der Zauberer und trat zurück, um dem Heiler Platz zu machen.

Melchior beugte sich über die bewusstlose Alfrun. „Ich brauche Ruhe. Alle raus", erklärte er energisch. „Auch Du, mein Freund!", fügte er im verständnisvollen Ton mit einem Blick auf

Runfried hinzu, der die Lippen zusammenkniff, aber nickte und den Raum verließ.

„Außer Dir, Konrad", hörte er Melchior noch hinter sich sagen, und der Heiler begann, Dinge aufzuzählen, die er brauchen würde.

Runfried stolperte auf den Gang vor dem Zimmer und brach dort zusammen. Gemma und Belladonna blieben bei ihm und spendeten ihm Trost und Hoffnung.

Stunden des Bangens vergingen.

Schließlich kam Melchior raus und kniete sich vor seinen Freund. Runfried brauchte Melchior nur in die Augen schauen, dessen Blick voller Mitleid und unaussprechlicher Trauer war.

„Es tut mir unendlich leid", flüsterte Melchior. „Ich konnte nichts mehr für sie tun!"

Runfrieds Miene erstarrte in einer Maske aus Entsetzen. Sein Blick brach. Er schaute vor sich auf den Boden und rührte sich nicht mehr. Nur die Tränen liefen und liefen.

Er bekam nicht mit, wie Gemma sagte: „Es muss jetzt immer jemand bei ihm bleiben, sonst tut er sich noch was an!"

Er bekam nicht mit, wie seine Freunde die nächsten Stunden abwechselnd um ihn waren. Er bekam auch nicht mit, wie sie ihn in sein Zimmer führten, um sich dort weiter um ihn zu kümmern. Und er bekam nicht mit, wie er vor Hunger bewusstlos wurde.

Als er erwachte, war Zelestin bei ihm. Vor sich fand er eine Schüssel von Obst vor, für die er nur einen gleichgültigen Blick übrig hatte.

„Ich brauche die Materialien für ein Grab", erklärte der Abenteurer.

Zelestin nickte verständnisvoll.

„Die sollst Du haben", antwortete er sanft. „Wir werden Dir helfen, eine wunderschöne Gedenkstätte zu bauen."

„Werdet Ihr nicht", widersprach Runfried. Er stand energisch auf, legte Zelestin freundschaftlich die Hand auf die Schulter und ging.

Voller Liebe trug er Alfruns Leichnam, eingewickelt in Tücher, aus der Burg. Er trug sie in einen Planwagen, den er zudem mit Balken und Brettern belud, Werkzeug, einen Kessel und Nahrung. Dann spannte er Jorid vor den Wagen.

Gemma, Marina und Belladonna stürmten auf den Hof. Runfried drehte sich zu ihnen um. Er stand aufrecht, entschlossen, tapfer. Er strahlte eine endlos tiefe Trauer aus, doch auch eine Energie, welche die drei Frauen stehenbleiben ließ.

„Ich danke Euch", sagte Runfried einfach nur. „Ich hole Euch dann zu ihrer Verabschiedung."

So ließ er die Frauen stehen und fuhr ins Tal.

Dort baute er ein Grab und darüber eine kleine Hütte. Es dauerte drei Tage.

Am dritten Tag sammelte er die Pflanzen, welche er auf seiner Reise kennengelernt hatte. Abends machte er ein Feuer, warf die Pflanzen hinein und kochte sich eine Suppe aus Pilzen.

Dann wartete er. Er saß aufrecht, sein Blick war heiter und in die Unendlichkeit gerichtet. Sein Magen grummelte.

Er wartete. Und sie kam. Saß neben ihm. Nur eine Berührung entfernt. Er wagte es nicht, sich zu ihr zu drehen. Alles wurde warm und hell. Er spürte sie und war zufrieden.

„Ich liebe Dich", sagte Runfried.

„Ich liebe Dich", sagte Alfrun.

Mehr sprachen sie nicht. Sie saßen einfach nur beisammen. Die ganze Nacht lang. Bis er vor Erschöpfung zur Seite kippte, mit dem Kopf in ihren Schoß. Und noch spürte, wie sie sanft und liebevoll ihre Hände auf seinen Kopf legte.

Er träumte von der Blumenwiese. Er träumte, dass er Alfrun eine Blumenkrone machte und sich darüber freute, wie sie diese mit Stolz trug. Und er wusste schon, dass sie ihn damit bewerfen würde. Dann saßen sie gemeinsam im Blumenregen, und die Zeit blieb stehen.

Am nächsten Morgen war sie fort.

Runfrieds Freunde umringten ihn: Zelestin, Marina, Gemma, Konrad, Furio, Adelheid, Belladonna, Raimund, Reinward, Melchior, und auch Botmar war dabei.

Sie hatten alle kleine Geschenke mitgebracht; Blumengestecke, kleine Kunstwerke aus Porzellan, Broschen, Münzen, Kerzen, Haarreifen und feine Kleidungsstücke. Jeder brachte sein Geschenk wortlos in die Hütte, kam wieder raus und nahm Runfried in den Arm.

Dann stellten sie sich zur Andacht auf.

„Ich weiß, ich schulde Dir in deinen Augen nichts. Aber in meinen Augen!", sagte Runfried leise an Alfrun gerichtet. Er spürte die Wärme in seinem Herzen, als ob sie wieder seine Brust berühren würde.

„Ich schulde Dir die Welt", flüsterte er.

Er nahm einen tiefen Atemzug und fasste sich, drehte sich zu seinen Freunden um und lächelte sie traurig aber dankbar an.

„Holen wir sie uns", sagte der Zauberer. „Machen wir die Welt zu einem besseren Ort. Bringen wir ihr Hoffnung, Entschlossenheit und Tapferkeit. Ich habe schon einen Plan. Besser sogar – eine Geschichte!"

Und so begann die Legende...